中国现代《诗经》学经典文丛

王长华 董素山 主编

白屋说《诗》

刘大白 著
李娜 整理

河北出版传媒集团
河北教育出版社

图书在版编目（CIP）数据

白屋说《诗》/ 刘大白著；李娜整理. —— 石家庄：河北教育出版社，2025.3. —— (中国现代《诗经》学经典文丛 / 王长华，董素山主编). —— ISBN 978-7-5545-8986-1

Ⅰ. I207.222

中国国家版本馆CIP数据核字第2024623TW0号

白屋说《诗》
BAIWU SHUO SHI

主　　编	王长华　董素山
作　　者	刘大白
整　　理	李　娜
责任编辑	马海霞
装帧设计	于　越
出版发行	河北出版传媒集团
	河北教育出版社　http://www.hbep.com
	（石家庄市联盟路705号，050061）
印　　制	河北清静堂印刷有限公司
开　　本	890mm×1240mm　1/32
印　　张	7.5
字　　数	130千字
版　　次	2025年3月第1版
印　　次	2025年3月第1次印刷
书　　号	ISBN 978-7-5545-8986-1
定　　价	55.00元

版权所有，翻印必究

丛书编委会

主　编　王长华　董素山

副主编　汪雅瑛　马海霞

编委会（按姓氏笔画排序）

　　　　马银琴　王承略　刘立志　刘跃进

　　　　杜志勇　李　山　张　育　易卫华

　　　　贾雪静　詹福瑞

总　序

◎王长华

　　伴随着40年中国学术研究整体上的飞速发展,《诗经》学研究这一学术分支也取得了此前罕有的进步和引人瞩目的成绩。不过,在《诗经》学内部,相对于古代《诗经》学史研究的全方位推进,现代《诗经》学的研究显得还不那么充分,它还存在很多有待开垦和研究的区域与空间。正是基于对这一现实状况的基本判断,河北教育出版社领导与《诗经》学界有关专家学者经过认真研讨磋商,决定编辑出版这套"中国现代《诗经》学经典文丛"。

　　所谓"现代"是个历史概念,学界一般认为学术史的"现代"起自1911年辛亥革命之后,截止于1949年10月1

日中华人民共和国成立,这段时间屈指算来还不足 40 个年头。就是在这短短的不到 40 年的历史时段中,中国《诗经》学研究发生了前所未有的堪称翻天覆地的巨大变化,涌现出了一批学术名家著成的《诗经》研究名作。

追溯历史,自汉代初年开始直到 20 世纪初清王朝结束,《诗经》在长达两千多年的时间里一直都占居"经"之地位,历代《诗经》研究者当然也必须遵从经学研究的家法和路数来解读它和阐释它,其间虽在宋代和明后期短时间内出现过部分学者突破经学藩篱,直陈《诗经》一些篇章里包含有普通人的情感而由此呈现出文学元素,但这些研究终究未能真正成为那个时代《诗经》研究的主流。历史进入现代,随着西学东渐历史大势的发生,一批留学欧美和日本,深受西方学术思想影响和饱经西方学术训练的学者归国,从此,中国《诗经》学研究翻开了新的篇章,这批学术新锐由初登文坛的青年才俊而迅速茁壮成长为书写《诗经》研究新历史篇章的著名学者,如章太炎、王国维、梁启超、胡适、郭沫若、闻一多,以及傅斯年、顾颉刚、谢无量等,他们各自携带自己成熟或不太成熟、措辞激烈或相对温和、直陈本心或舒缓抒情的著述,先后登上了中国《诗经》研究的历史舞台。于是,现代《诗经》学史上随之而陆续出现了诸名家基于对中国传统文化的批判、对中国文化现实的改造以及对中国文化未来命运重塑的初心,以《诗经》为突破口,渐次发起了白话文运动、东西文化论战、整理国故运动等与社会变革息息相关的一系列探究和争鸣，他们无所顾忌地引进和使用西方的学术理念和学术思想，恣意大胆地对《诗经》进行重新看待、重新定位和重新评价，其中涉及的问题包括《诗经》的作者、《诗经》的结集、《诗经》的性质、《诗经》中的赋比兴、《毛序》的作者及性质、《诗经》与白话、《诗经》与民歌等。

在看似纷繁复杂的现代《诗经》学40年历史变迁中，我们如果细心梳理分析，就不难发现这些学者名家几乎是始终如一地坚持了一个本心，那就是把两千多年的经学的《诗经》判定为文学的《诗经》，把诗篇文本中描绘的神圣的历史圣王圣迹判定为平民百姓的日常生活。从学术逻辑看，这段历史先后经过了把《诗经》还原为历史，再把历史定性为史料，之后又由史料平移而命名为文学，从而最终抵达了他们认为《诗经》原本应该抵达的终点。其实，视《诗经》为文学，不仅是中国现代史上学者们的使命，1949年进入当代以后，《诗经》学界的绝大部分学者所从事的《诗经》研究工作仍然继续坚持了这一方向。历史一再证明，同时代人无法完全跳出身处的时代真正看清自己的作为和理性评判自己的功过。让《诗经》研究摒弃经学而走向文学，是现代《诗经》学40年的最突出贡献。这套丛书所展示的就是历史上这40年里诸名家有代表性的学术成果。是非功过，期待有更多读者参与的更长时段的历史作出鉴定。

需要说明的是，学术的发展原本不会完全随着政治的变换和历史断代的变化而变迁，它除了随历史而变动，同时还固执地持守自身的变化和发展逻辑。所以，我们在本丛书中，除了收有1911年到1949年的《诗经》名家代表作外，还收入了部分属于清末学者的有代表性的著作，以此呈现一个历史阶段学术变迁的完整性。另外，此次出版这套丛书，整理者主要做了四方面工作：一是变竖排为横排；二是变繁体为简体；三是加新式标点；四是修订原书中的误植字。而由于时代变迁彼时以为对此时颇觉可商的用字、用词，以及一些带有方言色彩的习惯性表述，我们本着还原历史、尊重原著者的原则，均不作改动，一仍其旧。此心此意，尚祈读者诸君明鉴。

2024年8月20日初稿

2025年元月3日改定

自　序[①]

这《白屋说〈诗〉》的名称，是一九二六年秋冬间在上海复旦大学的时候，给《复旦周刊》写本书第一部分《说毛诗》十节的时候所用。那时候我底朋友徐蔚南先生担任着《复旦周刊》底编辑，他要我写一点关于文学研究的东西，以充篇幅。我就用了这个名称，随手把对于《毛诗》的见解，瞎说一番，陆续写出了十节。后来学校放寒假了，《复旦周刊》休刊了，就没有再继续地写下去。去年复看了一下，有意思把它付印，但是只有这十节，太少了，又没有工夫续写，所以把十年来各种说《诗》的旧稿，整理出来，作为第二部分。至于最后的附录四篇，前两篇也带着说《诗》的性质，后两篇颇含有诗趣，所以让它们附在后面了。

杂说中（一）《双声叠韵和句中用韵问题》，（二）《孔雀

---

① 整理者按：本书根据上海大江书铺 1929 年版整理。

东南飞底时代问题》,(五)《〈毛诗·邶风·静女〉底讨论》,都是和人家辩论的,所以把别人关于这几个问题的文字,也搜辑在里面。

《双声叠韵和句中用韵问题》中的前四篇,胡怀琛先生曾经把它印在他底《〈尝试集〉批评与讨论》中。他在那时候,大约以为这个问题已经解决了,他已经得到胜利了;曾经读过他这本小册子的人们,大约也以为这个问题已经解决了,认为他已经得到胜利了;所以现在把它们和后五篇一齐印出,使读者们知道关于这个问题的辩论终结时候的真相。不过,那时候——辩论句中用韵问题的时候,我没有把《经义述闻》中高邮王念孙氏底《古诗随处有韵》一条的话,和《毛诗正韵》中日照丁以此氏底《毛诗韵例》一篇的举例引进去,只在《旧诗新话》第四十三节《毛诗以后的停身韵》一节中,引了王氏关于《楚辞》停身韵的举例,而又不曾说明是根据《经义述闻》的;所以那位胡怀琛先生,也许至今还不曾看见过《经义述闻》和《毛诗正韵》。要是他看了这两部书——尤其是《毛诗正韵》,一定会觉得他那"这种押韵法……读起来也不好听"的话,未免真是胡说了。

一九二九年六月二十三日,大白在杭州国立浙江大学。

目 录

说《毛诗》／001

　（一）六义　／001

　（二）《绿衣》／006

　（三）《葛生》／010

　（四）《鸡鸣》／012

　（五）《卷耳》和《陟岵》／013

　（六）《关雎》／016

　（七）《绸缪》／017

　（八）《有狐》／020

　（九）《遵大路》／021

　（十）《柏舟》／023

杂　说　/ 027

（一）双声叠韵和句中用韵问题　/ 027

（A）大白致李石岑的信（1）　/ 027

（B）胡怀琛致李石岑的信（1）　/ 030

（C）大白致李石岑的信（2）　/ 034

（D）胡怀琛致李石岑的信（2）　/ 035

（E）双声叠韵和句中用韵问题的往事重提　/ 037

（F）答覆刘大白先生　/ 050

（G）答覆胡怀琛先生　/ 053

（H）答覆刘大白先生　/ 063

（I）再答胡怀琛先生　/ 065

（二）《孔雀东南飞》底时代问题　/ 068

（A）马彦祥底信　/ 068

（B）大白答信　/ 070

（C）曹聚仁谈《孔雀东南飞》　/ 080

（D）大白答覆曹聚仁　/ 085

（三）《万古愁》底作者问题（1）　/ 096

（四）《万古愁》底作者问题（2）　/ 102

（五）《毛诗·邶风·静女》底讨论　/ 113

（A）瞎子断匾的一例——《静女》　/ 113

（B）关于《瞎子断匾的一例——〈静女〉》的异议　/ 123

　　　　（C）《邶风·静女》篇的讨论 / 125

　　　　（D）再谈《静女》 / 126

　　　　（E）读《〈邶风·静女〉的讨论》 / 128

　　　　（F）《邶风·静女》的讨论 / 130

　　　　（G）三谈《静女》 / 141

　　　　（H）四谈《静女》 / 149

　　　　（I）《邶风·静女》篇"荑"的讨论 / 155

　　（六）一千年前的弹词 / 163

　　（七）读《楚辞韵例》和《楚辞文艺杂论》 / 171

　　（八）关于"八病"的诸说 / 181

　　（九）中国诗篇底分步 / 194

附　录 / 197

　　《抒情小诗》序 / 197

　　《蛋歌》序 / 198

　　《龙山梦痕》序 / 206

　　雷峰塔倒后 / 213

说《毛诗》

（一）六义

六义底名目，见于《毛诗·大序》。它底次序，是一曰风，二曰赋，三曰比，四曰兴，五曰雅，六曰颂。风、雅、颂三项，是诗底分类；赋、比、兴三项，是诗底作法。但是它底次序，为什么如此错综呢？关于这一点，我想可以作如下的假设的解释。古代没有轻唇音，风、赋两音，都属帮纽，和比字同一发音；颂字本来就是形容的容字，而古代喻纽归影，容读影纽，和雅字也是同一发音；兴属晓纽，和影纽不过深喉浅喉之别：所以作《大序》的人，依发音底同异，而把这六字分为两类，这虽然是一个假设，我想，或许是一种比较可靠的解释。

赋是敷陈，比是譬喻，这是不很发生疑问的。至于兴，似乎比较地费解了。其实，简单地讲，兴就是起一个头，借着和诗人底眼耳鼻舌身意相接构的色声香味触法起一个头。换句话讲，就是把看到、听到、嗅到、尝到、碰到、想到的事物借来起一个头。这个起头，也许和下文似乎有关系，也许完全没有关系。总之，这个借来起头的事物，是诗人底一个实感，而曾经打动诗人底心灵的。因为是实感，所以有时候有点像赋；因为曾经打动诗人底心灵，而诗人底情绪或思想，受到它底影响，所以有时候有点像比。要知道赋是所敷陈的事物，通过了诗人底情绪或思想而和它混合在一起的。例如：

采采卷耳，不盈顷筐。嗟我怀人，寘彼周行。
——《周南·卷耳》（例一）
蔽芾甘棠，勿翦勿伐，召伯所茇。
——《召南·甘棠》（例二）

这所敷陈的，是诗人底整个的情绪或思想，不能把采卷耳和翦伐甘棠的事，从诗人整个的情绪或思想中分析出来而使它独立。比是所用以譬喻的事物，和诗人底情绪或思想相对列，而两者之间有一点极相同的。例如：

> 螽斯羽，诜诜兮。宜尔子孙，振振兮。
> ——《周南·螽斯》（例三）
> 维鹊有巢，维鸠居之。之子于归，百两御之。
> ——《召南·鹊巢》（例四）

第三例是以螽和人对列相比，而多子孙这一点是相同的。第四例是以鸠和之子对列相比，而居鹊巢和归夫家这一点是相同的。至于兴底意义，前边已经说明，现在举例如下：

> 关关雎鸠，在河之洲。窈窕淑女，君子好逑。
> ——《周南·关雎》（例五）
> 喓喓草虫，趯趯阜螽。未见君子，忧心忡忡。亦既见止，亦既觏止，我心则降。
> ——《召南·草虫》（例六）
> 遵彼汝坟，伐其条枚。未见君子，惄如调饥。
> 遵彼汝坟，伐其条肄。既见君子，不我遐弃。
> ——《周南·汝坟》（例七）
> 燕燕于飞，差池其羽。之子于归，远送于野。瞻望弗及，泣涕如雨。
> ——《邶风·燕燕》（例八）

《关雎》底诗人所要抒写的，只是淑女底好逑；《草虫》底诗人所要抒写的，只是未见君子时的忧心和既见时的心降；《汝坟》底诗人所要抒写的，只是未见君子时的惄如调饥和既见君子时的不我遐弃；《燕燕》底诗人所要抒写的，只是送之子时的瞻望和泣涕。但是他们觉得凭空说起，有点太突了，所以借了雎鸠在河洲，草虫喓喓，阜螽趯趯，遵汝坟伐条枚伐条肄，和飞燕差池其羽等实感来起一个头。这几件事物，如果不曾打动他们底心灵，当然不会被他们写进去。既然打动了他们底心灵而被他们写在诗里了，有时候也自然和诗人本身有关系，或是和诗人所要抒写的相类似。例如遵汝坟伐条枚伐条肄，是诗人本身所做的事，好像是赋；但是它和君子底未见和既见，毫无关系，不曾通过诗人底情绪或思想而和它混合在一起，所以只是兴而不是赋。又如燕燕于飞，和之子于归，似乎有点相类似，好像是比；但是它们实在不是全同，所以只是兴而不是比。

汉代《古诗十九首》中，如：

涉江采芙蓉，兰泽多芳草。采之欲遗谁？所思在远道。还顾望旧乡，长路漫浩浩。同心而离居，忧伤以终老。

庭中有奇树，绿叶发华滋。攀条折其荣，将以遗所思。馨香盈怀袖，路远莫致之。此物何足贵？但感别经时。

这些都是和《卷耳》《甘棠》一类的,都是赋。又如:

> 迢迢牵牛星,皎皎河汉女。纤纤擢素手,札札弄机杼。终日不成章,泣涕零如雨。河汉清且浅,相去复几许?盈盈一水间,脉脉不得语。
>
> 客从远方来,遗我一端绮。相去万余里,故人心尚尔。文采双鸳鸯,裁为合欢被。著以长相思,缘以结不解。以胶投漆中,谁能别离此?

这些都是和《螽斯》《鹊巢》一类的,都是比。又如:

> 青青河畔草,郁郁园中柳。盈盈楼上女,皎皎当窗牖。娥娥红粉妆,纤纤出素手。昔为倡家女,今为荡子妇。荡子行不归,空床难独守。
>
> 青青陵上柏,磊磊涧中石。人生天地间,忽如远行客。斗酒相娱乐,聊厚不为薄。驱车策驽马,游戏宛与洛。洛中何郁郁,冠带自相索。两宫遥相望,双阙百余尺。极宴娱心意,戚戚何所迫。

这两首中的首两句,都是和《关雎》《草虫》《汝坟》《燕燕》一类的,都是兴。其中"青青河畔草,郁郁园中柳",好像是赋而其实不是赋;"青青陵上柏,磊磊涧中石",好像是比而其实不是比。

汉代乐府中,如《陇西行》底首八句:

> 天上何所有?历历种白榆。桂树夹道生,青龙对道隅。凤皇鸣啾啾,一母将九雏。顾视人间人,为乐甚独殊。

和下文"好妇出迎客"以下,毫无关系;又如《古诗为焦仲卿妻作》底首两句:

> 孔雀东南飞,五里一徘徊。

和下文"十三能织素"以下,也是毫无关系。这些例子,也都是兴。

近代弹词平话中的开篇,就是兴底演进。至于如《五更调》底"一更一点月正升"等,更是兴底演进而成为一定的腔调了。

(二)《绿衣》

《毛诗·邶风·绿衣》这一篇诗,《小序》把它说成卫庄姜自伤失位的诗。它说：

> 《绿衣》，卫庄姜伤己也。妾上僭，夫人失位，而作是诗也。

但是咱们在这篇诗底字里行间，找不出一点关涉卫庄姜的事实来。什么绿为间色，黄为正色。间色为衣而正色反为里为裳，所以譬喻嫡庶倒置的话，都是些神经过敏的无稽之谈。其实，这篇诗是一篇悼亡诗或念旧诗。他们底根本错误，固然由于戴着颜色眼镜去看诗，而解错了两个"我思古人"的古字，也是一个原因。《绿衣》底原文是：

> 绿兮衣兮，绿衣黄里。心之忧矣，曷维其已！
> 绿兮衣兮，绿衣黄裳。心之忧矣，曷维其亡！
> 绿兮丝兮，女所治兮。我思古人，俾无訧兮！
> 絺兮绤兮，凄其以风。我思古人，实获我心！

诗中两个"古人"底"古"字，实在就是现在所谓"故人"底"故"字。所以咱们对于这首诗，可以作两种假设的解释。（一）作悼亡诗解。所谓"绿衣黄里""绿衣黄裳"，都是亡妇底遗衣。她底丈夫，看了遗衣，中心忧悼，不知何时才能停止，这是第一、第二两章底意思。这些遗衣，都是她所亲手做成。现在看了它们而记念着她，便可以使她无所怨尤，这是第三章底意思。时序变迁了，身上所着的绨纷的衣服，已经感受到凄然的风了，于是又记念起她来。如果她在的时候，一定能先得我心而给我预备寒衣的，这是第四章底意思。所以这篇诗，很有和晋代潘岳《悼亡诗》相类的地方。试看：

> 荏苒冬春谢，寒暑忽流易。之子归穷泉，重壤永幽隔……望庐思其人，入室想所历。帏屏无仿佛，翰墨有余迹。流芳未及歇，遗挂犹在壁。怅恍如或存，回惶惊忡惕……寝兴何时忘？沉忧日盈积……

这不是《绿衣》第一、第二两章底意思吗？再看：

> 皎皎窗中月，照我室南端。清商应秋至，溽暑随节阑。凛凛凉风升，始觉夏衾单。岂曰无重纩？谁与同岁寒？岁寒无与同，朗月何胧胧。展转盼枕席，长簟竟床空。床空委清尘，室虚来悲风。独无李氏灵？仿佛睹尔容。抚襟长叹息，不觉涕沾胸。沾胸安能已，悲怀从中起。寝兴目存形，遗音犹在耳……
>
> 曜灵运天机，四节代迁逝。凄凄朝露凝，烈烈夕风厉。奈何悼淑俪，仪容永潜翳？念此如昨日，

> 谁知已卒岁……

这不是《绿衣》第三、第四两章底意思吗？至于唐代元稹《遣悲怀》三首中的：

> 衣裳已施行看尽，针线犹存未忍开。
> 唯将终夜长开眼，报答平生未展眉。

也和《绿衣》第三章底意思相类。所以把这首诗解作悼亡诗，是很对的。（二）作念旧诗解。假设诗中所谓女，所谓古人（即故人），是一个弃妇。那么，这位故夫，看了她亲手所治的绿丝所做的绿衣而记念起故人来，也和《上山采蘼芜》诗中的故夫一样，觉得有"新人不如故"的感想，也是可通。试看：

> 上山采蘼芜，下山逢故夫。长跪问故夫，"新人复何如"？"新人虽言好，未若故人姝。颜色类相似，手爪不相如。新人从门入，故人从阁去。新人工织缣，故人工织素。织缣日一匹，织素五丈余。将缣来比素，新人不如故"。

这种念旧的情感，不是也可以拿来解释《绿衣》吗？不过我觉得这两种解释，虽然都是可通，却是前者胜于后者。所以我底见解，以为不如说《绿衣》是一篇悼亡诗。

（三）《葛生》

《绿衣》是一篇悼亡诗，《唐风·葛生》也是一篇悼亡诗。《小序》说：

> 《葛生》，刺晋献公也。好攻战，则国人多丧矣。

这话在本诗里面，也丝毫找不出根据来。咱们看：

> 葛生蒙楚，蔹蔓于野。予美亡此，谁与独处？
> 葛生蒙棘，蔹蔓于域。予美亡此，谁与独息？
> 角枕粲兮，锦衾烂兮。予美亡此，谁与独旦？
> 夏之日，冬之夜。百岁之后，归于其居。
> 冬之夜，夏之日。百岁之后，归于其室。

从这五章里面，什么地方找得出一个晋献公来呢？什么地方找得出什么好攻战的痕迹来呢？咱们要知道此诗底真义，最好再看晋代潘岳底《悼亡诗》第三首：

……茵帱张故房，朔望临尔祭。尔祭讵几时，朔望忽复尽。衾裳一毁撤，千载不复引。亹亹期月周，戚戚弥相愍。悲怀感物来，泣涕夜情陨。驾言陟东皋，望坟思纡①轸。徘徊墟墓间，欲去复不忍。徘徊不忍去，徙倚步踟蹰。落叶委埏侧，枯荄带坟隅；孤魂独茕茕，安知灵与无……

其中"驾言陟东皋……安知灵与无"十句，就和《葛生》第一、第二两章底意思差不多；而前引潘氏《悼亡诗》第二首中的"展转盼枕席……不觉涕沾胸"八句，也和《葛生》第三章底意思差不多。所以第一、第二两章，是探墓的时候的话；第三章是从墓地回家以后的话。野就是墓底所在地，域就是墓。"予美"仿佛现在所称的"我爱"，是称死者为"我底美人"。"亡此"就是"不在此"；"与"就是"共"，就是相伴底意思。第一、第二两章，是向墓地上去探寻。到了墓地，只看见"葛生蒙楚，蔹蔓于野"，"葛生蒙棘，蔹蔓于域"，谁来伴我这独处独息的人呢？第三章是回到家里，只看见粲然的角枕，烂然的锦衾，原是我底美人在世的时候和我相与同眠以达旦的，但是我底美人现在又不在此，谁来伴我这独眠达旦的人呢？于是第四、第五两章说，"夏之日，冬之夜"，

---

① 整理者按：原书误作"纡思"。

都是很长的。不知要经过若干的"夏之日,冬之夜","冬之夜,夏之日",到了"百岁之后",才能"归于其室""归于其居",和我的美人同处、同息、同眠以达旦。"室"和"居"是指坟墓而言,归室归居,就是"死则同穴"的意思。

(四)《鸡鸣》

唐人李商隐诗:

> 为有云屏无限娇,凤城寒尽怕春宵。
> 无端嫁得金龟婿,辜负香衾事早朝。

此诗底意思,和《齐风·鸡鸣》相似。《齐风·鸡鸣》说:

> 鸡既鸣矣,朝既盈矣。——匪鸡则鸣,苍蝇之声。
> 东方明矣,朝既昌矣。——匪东方则明,月出之光。
> 虫飞薨薨,甘与子同梦。会且归矣,无庶予子憎!

这是一位官太太在一个五更头想她上朝去的丈夫,希望他早点回来，再和她一同睡觉。她渴盼她底丈夫回来，有点神经错乱，发生错觉了。她听到了苍蝇之声，以为鸡儿在叫了，这时候朝廷上已经人满了，早朝快要完毕了，她丈夫就可以回来了。然而不然。她看到了月出之光，以为东方日出了，这时候朝廷上已经光昌了，早朝快要散退了，她丈夫就可以回来了。然而又不然。于是她有点怨了。她说，"虫飞薨薨的时候，我愿和你再睡一觉。也许你将要回来了吧，希望你不要尽管不回来，使我憎嫌你"！这不是怨她底丈夫"辜负香衾事早朝"吗？但是《小序》却说：

> 《鸡鸣》，思贤妃也；哀公荒淫怠慢，故陈贤妃贞女夙夜警戒相成之道焉。

哀公在哪里呢？这真是白日见鬼呵！

（五）《卷耳》和《陟岵》

《周南·卷耳》和《魏风·陟岵》，都是由诗人底幻觉构成的诗。《陟岵》底《小序》，说得还不十分大错；《卷耳》底《小序》，却说什么：

> 《卷耳》，后妃之志也。又当辅佐君子，求贤审

官,知臣下之勤劳。内有进贤之志,而无险诐私谒之心。朝夕思念,至于忧勤也。

这些怪话,真亏他怎样向壁虚造出来!

> 采采卷耳,不盈顷筐。嗟我怀人,置彼周行。
> 陟彼崔嵬,我马虺隤。——我姑酌彼金罍,维以不永怀!
> 陟彼高冈,我马玄黄。——我姑酌彼兕觥,维以不永伤!
> 陟彼砠矣,我马瘏矣,我仆痡矣,云何吁矣!

这是思妇想念出外的丈夫的诗。诗中第一章"嗟我……"的"我",第二、第三两章两个"我姑……"的"我",是思妇自指,是单数的"我";其余"我马……""我仆……"等四个"我"字,都是兼指丈夫而言,是复数的"我",等于现在北京话中的"咱们"。这位女诗人,拿了斜口的筐子,出去采卷耳,还没有采满一筐,就记念起出外的丈夫来了。于是就把筐子向大路旁一放,而嗟叹着想念起来,竟因为想念而发生幻觉了。下面三章,都从这想念的幻觉中开出,就是从一个"怀"字开出。她从想念的幻觉中,似乎看见她底丈夫驾着马车,爬山过岭地赶来了。她在第二、第三两章说,"我想他已经登山了,但是咱们底马病了,怎样走呢?——啊!我还是不要尽管想他吧,还是姑且喝点酒,解解闷吧"!但是到了最后,她终于不能放下不想;于是第四章说,"我想他已经登了山了;但是咱们底马,咱们底赶车的仆夫都病了,怎样走回来呢?怎么样呢?只好长吁短叹了"。

至于《陟岵》三章:

> 陟彼岵兮,瞻望父兮。——父曰"嗟!予子行役,夙夜无已。上慎旃哉,犹来无止"!
> 陟彼屺兮,瞻望母兮。——母曰"嗟!予季行役,夙夜无寐。上慎旃哉,犹来无弃"!
> 陟彼冈兮,瞻望兄兮。——兄曰"嗟!予弟行役,夙夜必偕。上慎旃哉,犹来无死"!

这很明白,是兄弟两人,一齐出外当兵,不能在一块儿。而小的一个,登山远望他底父亲、母亲和兄长。他从幻觉中仿佛听到他底父亲、母亲和兄长正在各说这一番话。看他是从对方的父母想念儿子,兄长想念兄弟反写过来,映出儿子想念父母,兄弟想念兄长的切挚,是绝妙的艺术手段。

（六）《关雎》

《小序》把《关雎》这篇诗说成什么：

> 后妃之德也，风之始也，所以风天下而正夫妇也……乐得淑女以配君子，爱在进贤，不淫其色，哀窈窕，思贤才，而无伤善之心焉。

这固然是一派白日见鬼的梦话，然而近来有人说它是结婚歌，也难免是"以辞害意"。说它是结婚歌的，因为第四、第五两章，有"琴瑟友之""钟鼓乐之"的话，似乎是结婚以后的事情，所以有这一说。其实这都是那位单相思的诗人，想象中的预备，而此诗不过是一篇片恋的恋歌罢了。

凡是一个男子爱上了一个女子的时候，不论是互恋或片恋，他总在那里预先想象，将来结合以后，怎样怎样地供养她，和她过怎样怎样的快乐的生活。所以《关雎》第四、第五两章的"琴瑟友之""钟鼓乐之"，都是那位单相思的诗人，在"寤寐思服""展转反侧"的时候，预先准备着，将来和这位意中人的"窈窕淑女"，要过这样这样的快乐生活；并非已经结合了，而实行这种生活。这第四、第五两章，正是从"寤寐思服""展转反侧"中想象出来的幻象，不应该当作实事看。服就是事,"琴瑟友之""钟鼓乐之",正是他在寤寐中所思的事。

复次,左右两字,旧说大概都作方向解。其实,左本作ナ,右本作又。"ナ"就是左手,"又"就是右手。"左右流之""左右采之""左右芼之",就是说用左右两手流(流就是求)之、采之、芼之的意思。

此诗底顶点,在第三章。因为"求之不得",所以要"寤寐思服",所以觉得"悠哉悠哉",而"展转反侧",睡也睡不着了。这正是情感最迫切处,所以从想象中发生出第四、第五两章的幻象来了。只消注意到"求之不得"一句,就不会误解作结婚歌了。

(七)《绸缪》

周岂明先生所译《初夜权序言》后面《按语》上说:

……浙中有闹房之俗,新婚的首两夜,夫属的亲族男子群集新房,对于新妇得尽情调笑,无所禁忌。虽云在赚新人一笑,盖系后来饰词,实为蛮风之遗习,即"初夜权"之一变相。此种闹房的风俗,不知中国是否普遍,颇有调查之价值。族人有在陕西韩城久寓者云,"新娘对客须献种种技艺,有什

'胡蝶拜'的名目"；如果不误，则北方也有类似的习俗也。

其实，这闹房的风俗，在中国是否普遍，不曾调查，当然不能武断。但是据我所知道，北京却确是有这习俗的，而旗人家里，也被传染到了。试看《儿女英雄传》第二十八回，安公子和十三妹完成大礼以后，就有十几个贺喜的客人进来闹房，就是北京有闹房的习俗的明证，就是北京的旗人家里也传染了这种习俗的明证。至于其余各处，也常常听到说有这种相类似的习俗，不过普遍不普遍，无从知道罢了。听说山西某县，有听房的风俗。他们底规矩，是在新房外面撕破了糊窗的纸，公开地偷听新郎新娘底私语。能听到的便吉利，否则不吉。所以如果听不到，便整个月地听过去，不肯中止。这大约比闹房更变了相了。

但是这种习俗，似乎不但现代有，在古代也已经有了。《毛诗》中《唐风·绸缪》一篇，实在是一篇闹房的诗，虽然所闹的似乎是新郎而不是新娘。因为闹房的习惯法中，本来颇有兼闹新郎的。即如《儿女英雄传》第二十八回中的闹房，也是先闹新郎，后闹新娘。现在且看《绸缪》的原诗说：

绸缪束薪，三星在天。今夕何夕，见此良人。——子兮子兮，如此良人何！

绸缪束刍，三星在隅。今夕何夕，见此邂逅。——子兮子兮，如此邂逅何！

绸缪束楚，三星在户。今夕何夕，见此粲者。——子兮子兮，如此粲者何！

现在我们绍兴底婚礼中，还有"柴新郎、炭新妇"的礼节。它底办法，是在迎娶的时候，男家把柴用红绒缠绕着，送到女家去；女家也把炭用红绒缠绕着，送到男家来。这"柴新郎"底办法，正和"绸缪束薪"相合；也许"柴新郎"是古代结婚时"绸缪束薪"的遗风，也许是受了《毛诗》"绸缪束薪"底暗示，而演成"柴新郎"的风俗，都未可定。至于"三星在天""三星在隅""三星在户"，现在演变而为挂起福禄寿三星图，而被新郎新娘所拜了。诗中良人（就是美人）、邂逅、粲者，都是指新娘而言；子是对新郎的称呼。三章中"今夕何夕，见此……"都是赞美新娘的话；而"子兮子兮，如此……何"都是调谑新郎的话。所以咱们可以说它是闹房时候调谑新郎的诗。《小序》上说的：

绸缪，刺晋乱也；国乱则婚姻不得其时焉。

这个晋国底乱象，不知他戴了什么显微镜看出来的？

（八）《有狐》

《卫风·有狐》底《小序》，已经说得很奇怪了。它说：

> 有狐，刺时也。卫之男女失时，丧其妃耦焉。古者国有凶荒，则杀礼而多昏，会男女之无夫家者，所以育人民也。

但是宋代的朱熹老先生，尤其妙了。他说此诗是"有寡妇见鳏夫而欲嫁之"的表示。咳！这真是异想天开了！试看：

> 有狐绥绥，在彼淇梁。心之忧矣，之子无裳！
> 有狐绥绥，在彼淇厉。心之忧矣，之子无带！
> 有狐绥绥，在彼淇侧。心之忧矣，之子无服！

诗中哪里有什么"男女之无夫家者"呢？更哪里有什么寡妇鳏夫呢？考《毛诗》中的"之子"，大约多是指女子而言；此诗的"之子"，所指的也是女子。所以咱们可以说是男子出门打猎的时候的诗。他出门打猎，到了淇水左近，看见绥绥的狐狸，就记起家里的妻子或是未结婚的恋人缺少裙子带子和衣服来了。于是他想打了"在淇梁"、"在淇厉"（厉是水很深的地方）、"在淇侧"的狐狸，回去给她做裙子带子和衣服。所以眼里看着绥绥的狐狸,而心里忧着"之子"底"无裳""无带""无服"。这样解释,本来是很明白的,但《小序》和《集传》,偏要凭空弄出些"失时男女"和寡妇鳏夫来,这个弯子,不知绕到哪里去了!

(九)《遵大路》

《郑风·遵大路》,是一首送别诗,是一首女子送情人的话别诗。

> 遵大路兮,掺执子之祛兮。无我恶兮,不寁故也!
> 遵大路兮,掺执子之手兮。无我丑兮,不寁好也!

《毛传》把"掺"解作"揽","寁"解作"速",都是错了。"掺""寁"二字,同字异形,都是假借字。它们底意义,就是"我"字。《毛诗》和《尚书》中,大都作"朕"字,也有作"晋"字、"憯"字、"嚉"字或"惨"字的,而其实就是现在的"喒"字、"偺"字或"咱"字。此诗是一个女子送她底情人到了大路旁边而和他话别;"掺""我""寁"三字,都是女子底自称。她说:

你顺着大路要走了,

我却在路旁拉住了你底袖子。

你不要厌恶我呀,

不念我底旧情!

你顺着大路要走了,

我却在路旁拉住了你底手儿。

你不要嫌我丑陋呀,

不再和我要好!

如果解"掺"作"揽",便和"执"字意义重复;解"寁"作"速",尤其说不清楚。把这两字都作现在的"嗒"字看,解释起来便很清楚了。至于"瞀""憎""噆""惨"四字,解作"我"字,且等另文说明。

此诗作如是解,是很明白的。《小序》所说:

《遵大路》,思君子也。庄公失道,君子去之,国人思望焉。

无非是向壁虚造的瞎说罢了!

(十)《柏舟》

《邶风》《鄘风》底第一篇,都是《柏舟》。《鄘风》底《柏舟》,显然是女子底口吻,所以《小序》也承认作者是一个女子,而说什么:

> 《柏舟》,共姜自誓也。卫世子共伯早死,其妻守义,父母欲夺而嫁之。誓而弗许,故作是诗以绝之。

这不但在诗里面找不出什么共姜、共伯来,而且《史记·卫康叔世家》说:

> 顷侯立十二年卒,子釐侯立……四十二年,釐侯卒,太子共伯余立为君。共伯弟和有宠于釐侯,多予之赂;和以其赂赂士,以袭攻共伯于墓上,共伯入釐侯羡(羡音延,墓道也)自杀。卫人因葬之釐侯旁,谥曰共伯,而立和为卫侯,是为武公……五十五年,卒……

按:《国语》称卫武公年九十五而作《抑》以自儆,那么,据《史记》所说在位五十五年而推他即位时的年纪,即使九十五岁就死，即位时也已经四十一岁了。共伯是他底兄长，年纪更大于他，被他杀死的时候，至少也是四十多岁了，怎么可以说是早死？共伯已经立为君主，又怎得仍称为世子？世子底妃，又何至为父母夺而嫁之？所以《小序》底话，完全不符事实。我以为这篇诗是女子自己爱上了一个男子，拼死要嫁给他。而她底母亲偏不答应，所以有此怨言。

> 泛彼柏舟，在彼中河。髧彼两髦，实维我仪，
> 之死矢靡它！——母也天只！不谅人只！
> 泛彼柏舟，在彼河侧。髧彼两髦，实维我特，
> 之死矢靡慝！——母也天只！不谅人只！

这在中河在河侧泛着的柏舟，就是她底"髧彼两髦"的爱人所泛。也许那位爱人，是泛着柏舟而来接取她一同逃走的。但是她被她底母亲阻碍着不得脱身，所以喊出"母也天只，不谅人只"的怨声来，立誓到死不嫁给别人，到死不起另外的邪念，而认定"髧彼两髦"的人，是她唯一的匹配。

至于《邶风》底《柏舟》，实在也是女子所作。《小序》所说：

> 柏舟，言仁而不遇也。卫顷公之时，仁人不遇，小人在侧。

这也是靠不住的话。因为在这篇诗里,也找不出什么"卫顷公之时"来。

　　泛彼柏舟,亦泛其流。耿耿不寐,如有隐忧。微我无酒,以敖以游。
　　我心匪鉴,不可以茹。亦有兄弟,不可以据。薄言往诉,逢彼之怒。
　　我心匪石,不可转也。我心匪席,不可卷也。威仪棣棣,不可选也。
　　忧心悄悄,愠于群小。觏闵既多,受侮不少。静言思之,寤辟有摽。
　　日居月诸,胡迭而微。心之忧矣,如匪浣衣。静言思之,不能奋飞。

这是一个已嫁的女子,在夫家受到种种压迫而诉苦的诗。首章"泛彼柏舟,亦泛其流"是譬喻,是拿柏舟底泛于中流比自己飘摇无定的心境。心境既然飘摇无定,所以"耿耿不寐,如有隐忧"了。"微"就是非底意思;她说"我不是没有酒,不是不能喝喝酒,敖游一下以解此忧;但是酒也不能解忧"。次章"我心匪鉴,不可以茹","鉴"就是镜子,"茹"就是纳,意思是说我底心不是一面镜子,不能容纳这些龌龊不堪的印象而没有反抗。"据"就是依,就是倚仗,"亦有兄弟,不可以据",意思是说"我也有兄弟,本来应该可以倚仗着他们,解除我底所忧,但是不可以倚仗"。"薄"就是迫,"言"字可以作"而"字解,也可以作"焉"字解,"薄言往诉,逢彼之怒",意思是说"迫不得已而往诉于兄弟,但是反碰着他们底愤怒"。三章"我心匪石,不可转也。我心匪席,不可卷也",是说"他们虽然愤怒,但是我心不是石头,不是席子,可以转动,可以卷藏。不能因他们一怒而把我心或转动或卷藏起来"而不再生忧。"威仪棣棣,不可选也","选"就是算,是说"兄弟们虽然'像煞有介事'地威仪棣棣然,但是都是不足算的,不能帮我底忙。告诉兄弟,既然没有好结果,于是只好拊心自叹了",所以有五章和六章的话。"群小"是指夫家底一班小人而言;"辟"是拊心,"摽"是拊心的状态。"微"是不明,"迭"是相代。六章首两句是说"日月为什么相代而出,总是不明"?这因为自己处在黑暗的环境中,得不到光明,所以埋怨起日月来了。此诗所用譬喻,如镜子、席子、浣衣,都是女子生活中最容易联想到的,而往诉兄弟,也是女子底行径,所以知道它是女子底作品。首章泛柏舟的譬喻,也许她往诉兄弟的时候,是泛着柏舟来往的,所以联想到此。

此诗掩抑摧藏,是所谓"如泣如诉,如怨如慕"的,宛然是女子底表情。所以从表情的方式上,也可看出是女子底作品来。

杂　说

（一）双声叠韵和句中用韵问题

（A）大白致李石岑的信（1）

石岑先生：

这几天《学灯》栏里，有两位姓胡的先生，因为改诗的问题，发表了两封辩论的信。我看了，觉得那位胡怀琛先生底话，有点说得不对。所以把我底意见，写在下面。不过我要声明，我和胡适之先生，并不认识，不是替他打抱不平。

批评者对于作者底文字，当改不当改，和他们底原文同改作，谁好谁坏，明眼人自有公论，我都不管。

我要讲的，是诗里面双声叠韵的问题，和用韵的问题。现在先把胡怀琛先生底话，抄在下面。他说：

他说"想相思"三个字是双声，这话不对。因为我们利用双声字，多半是形容词两字相连，如"丁东""玲珑"便是，没有像他的这样双法。

他说"几次细思"四字是叠韵，我说我们利用叠韵，也只有"苍茫""迷离"一类的叠法，没有他这样的叠法。

咳！他这话未免"所见不广"了。六朝人底双声语，像羊戎底"官家恨狭，更广八分"八字，四个双声；又，"金沟清泚，铜池摇飏，既佳光景，当得剧棋"十六字，八个双声；其中只有"清泚""摇飏"是两个连绵的形容词。像崔岩① 底"愚魏哀收"四字，两个双声；魏收底"颜岩腥瘦，是谁所生？羊颐狗颊，头团鼻平。饭房笒笼，著札嘲𢶏"二十四字，十二个双声；其中只有"腥瘦"是一个连绵的形容词。像李元谦底"是谁宅第""牝婢双声"八字，四个双声；郭文远家婢底"郭冠军家""伧奴慢骂"八字，五个双声，其中没有一个连绵的形容词。可见得"多半是形容词两字相连"的这句话，有点不对了。但是他也许说，"这是寻常的双声语，不是诗啊"。那么，我就请他读张衡底《同声歌》，其中像"恐慄

---

① 整理者按：原书误作"颜岩"。

若探汤","探汤"双声;"不才勉自竭","自竭"双声;"绸缪主中馈","主中"双声;"奉礼助蒸尝","助蒸""蒸尝"都是双声;"重户结金扃","结金""金扃"都是双声,"衣解巾纷御","解巾"双声;"仪态盈万方","万方"双声,都不是连绵的形容词。再请他读王融底《双声诗》,"园蘅眩红花,湖荇烨黄华。回鹤横淮翰,远越合云霞",二十四个字,都是双声,都不是连绵的形容词。其余像皮日休、温庭筠、姚合、苏轼,都有双声诗,诗中所用的双声字,都不限于连绵的形容词。又像沈括所说的"几家村草里,吹唱隔江闻"两句,四个双声,也都不是连绵的形容词。杜甫诗里所用的双声字,不是连绵的形容词的,尤其举不胜举。这样看来,从前用双声字的,都有像胡适之先生底这样双法,我也只好对他不起,说他底话不对了。讲到叠韵,我又要请他读张衡底《同声歌》了。其中像"在下蔽匡床","匡床"叠韵;"愿为罗衾帐","为罗"叠韵;"高下华灯光","下华"叠韵;"素女为我师","为我"叠韵;"众夫所希见","夫所"叠韵;"天老教轩皇","老教"叠韵;"乐莫斯夜乐","乐莫"叠韵,都不是"苍茫""迷离"一类的叠法。又像沈括所说的"月影侵簪冷,江光逼履清"两句,两个叠韵,也不是"苍茫""迷离"一类的叠法。杜甫诗里所用的叠韵字,不是"苍茫""迷离"一类的叠法的,也是举不胜举。这样看来,从前用叠韵字的,都有像胡适之先生底这样叠法,我又只好对他不起,说他底话不对了。

至于句里面用韵的例，《毛诗》里很多。只用一个助字的，不消说了。像《大雅》底"文王曰咨，咨女殷商"两句，"殷"字和"文"字押韵，"商"字和"王"字押韵；《魏风》底"父曰嗟予子行役"底"子"字，和下文"无已""无止"底"已"字、"止"字押韵，"母曰嗟予季行役"底"季"字，和下文"无寐""无弃"底"寐"字、"弃"字押韵，"兄曰嗟予弟行役"底"弟"字，和下文"必偕""无死"底"偕"字、"死"字押韵。要是照他所说，"曰咨"和"行役"，都是应该"几几等于无声"，那么，难道他也说"这还成个甚么音节"吗？

（B）胡怀琛致李石岑的信（1）

石岑先生：

二十一号《学灯》栏，登了刘大白先生给你的一封通信，也是关于我的事。他底话很有价值，我很佩服，但是我也说他有些不对。我将我底话写在下面，也请你登出来和他研究。

（一）双声叠韵的问题。我说我们利用双声叠韵，只有"丁东""苍茫"一类的字，他说不对，他又引出许多古人底成句来做例。这句话从一方面看起来，似乎不错，但是他把我原文"利用"二字轻轻去掉了。原来我并没说除了"丁东""苍茫"等,没有双声叠韵的字。我是说除了这等的字,我们不必利用,"利用"二字,便是用了能增加文字底优美。倘然不能增加文字底优美,又有它字可代,乐得不用。像胡适之先生底诗,便是可以不用。他却特别说出来,这是双声,这是叠韵,所以我不赞成。至于刘先生引的古人底成句,我可说不外下面三个原因:

(1)并非有意用双声叠韵,增加文字底优美;刚巧那两字是双声叠韵,却也无法用它字代,如"探汤"二字便是。

(2)古人故意用双声叠韵字做诗,算一种游戏诗,和回文、限字、全平、全仄是一类的,如温飞卿底"废砌翳薜荔,枯湖无菰蒲"便是。这种全是小家习气,全是勾心斗角的法子,我想新体诗里决不许如此。又,双声叠韵一事,赵瓯北底《陔馀丛考》二十三卷说得极清楚。他说始于梁武帝,尝作五字叠韵诗曰,"后牖有榴柳",命朝士仿之,沈约曰,"偏眠船舷边"。照此看来,除了"丁东""苍茫"一类可以利用外,其它不是属于游戏,便是无法避去了。

(3)古人底成句如此,或者是古人底毛病,我们也不能全认它是好(好不好另有真理,不能将古人做标准)。

(二)押韵的问题。刘先生说《毛诗》里也有将韵押在中间的,他引《魏风》和《大雅》为证,我底意见也和他不同。如今便将他所引的诗写在下面讨论:

(1)《魏风》里的诗:

> 陟彼岵兮，瞻望父兮。父曰嗟，予子行役，夙夜无已。上慎旃哉，犹来无止！

这章诗"岵""父"是押韵，但下文是语助词，不成问题。刘先生说：第四句的"子"字和下文"已"字、"止"字是押韵，可见押韵也可押在句子中间。我说这话不对，原来"予子"是一句，"行役"又是一句，我们应该分读。"予子"是父对于子的称呼，所以要停一停，不能连读下去。如今再将它翻出今日的白话，加上记号，更易明白。

> 我的父亲说："咳，我的儿子呵，你出门去了！"

照上面看来，可知这诗的原意，应如下文说，更明白些。

> 父曰，嗟，予子，汝行役。

原文省去一个"汝"字，后人又将它两句连为一句，这是读错了。刘先生跟着错了没有改正，何尝是押韵在中间（这诗共有三节，但同是一个道理，所以以下两节不必再说）？

胡适之先生底诗如下：

  也想不相思，可免相思苦。几次细思量，情愿相思苦。

"免"字、"愿"字既然是押韵，读到"免"字、"愿"字当然要停，但"免""愿"二字都是 Transitive Verb，"相思苦""相思苦"都是 Object，试问可以分断不可以分断？

（2）《大雅》里的诗：

  文王曰咨，咨汝殷商！

刘先生说，"文""殷"是押韵，"王""商"是押韵。这个问题，很为复杂，因为《大雅》是要谱入管弦的，它这两句是不是受了乐谱底牵制生出变化，兄弟不懂中国古乐，不敢武断。或者受了乐谱底牵制，生出变化，也是不错。譬如"秦时明月汉时关"，应该说"汉时明月秦时关"；因为受了声调底牵制，生出变化，叫做互文。这话见沈归愚《说诗晬语》。又如"孤帆暮雨低"，应该说"暮雨孤帆低"；因为受了声调底牵制，生出变化，叫做倒装。总之《大雅》这两句诗，是复杂的，不是单纯的（因为其中有乐谱关系）。胡适之先生底诗，不能和它做一例看。

  总之，诗这个东西，是很复杂的，很深奥微妙的。我们要细说起来，断不是简单的话，能说明白。我也难保我底话没错，我且请读者指教罢。

（C）大白致李石岑的信（2）

石岑先生：

前信已登出了。但是今天复按了一下，才觉得讲双声的一段里，有点把胡怀琛先生底意思误会了。

原来他因为胡适之先生底原文"也想不相思"，是"想""相"二字不相连的。所以他底利用双声字的条件，既要形容词，又要两字相连。我底前信，误会了他相连二字底意义，所以特地自行检举，再说明一番。

他底条件，重在相连，我就举几个不相连的例。像张衡《同声歌》里"邂逅承际会"，"邂逅"和"会"，都是双声；"绸缪主中馈"，"绸"和"主中"，都是双声；"鞞芬以狄香"，"鞞""狄"双声；"列图陈枕张"，"陈""张"双声，都是不相连的。如果我们再翻开《毛诗》一读，那就尤其多了。像"言告言归"，"告""归"双声；"维以不永怀"，"以""永"双声；"言秣其马"，"秣""马"双声；"曷维其已"，"维""已"双声；"微君之故""微君之躬"，"君""故""君""躬"都是双声；"胡为乎中露"，"胡""乎"双声；"不瑕有害"，"瑕""害"双声。好了！够了！不相连的双声底例，实在是举不尽的。我以为这也是诗底音节所在，做诗的人，应该利用的。

句里面用韵,我今天又记起杜甫底《杜鹃诗》来了。他起首"西川有杜鹃,东川无杜鹃。涪万无杜鹃,云安有杜鹃"四句,实在是"川"和"安"押韵。再宽一点,也可以说"万"也是韵。不然,他何以不说"万涪",却说"涪万"呢?

以上所说,也许都是我底偏见。但或者由我底偏见里,引出两位胡先生和读者诸君底正见来,那就于这两个问题,不无益处了。

(D)胡怀琛致李石岑的信(2)

石岑先生:

刘大白先生给你的第二封信,我已读过了。我对于这封信的意见,可用简单的几句话说明如下:

(一)双声叠韵的字,我并不是说除了我所指出的一类外便没有,不过说不必利用罢了,而且不限于形容词,便是名词、动词、叹词都有的,譬如"蟋蟀""蜻蜓""菡萏""菰蒲""徜徉""徘徊""踯躅""栖迟""呜呼"等字都是。但是总要两字有同样的性质,同轻重的声调,用起来才算能增进文字底优美。而且一句诗里,用双声叠韵字不能过半数,过了半数,便不好,读起来好像口吃了,譬如"蟋蟀鸣啾唧"

这句诗过了半数，读起来很不好。至于古人底成句，不必多引，这个原因，我第一封信里已经说明白了。

（二）押韵的问题，刘先生举出杜工部底"西川有杜鹃，东川无杜鹃。涪万无杜鹃，云安有杜鹃"，说"川""安"是押韵，这话很勉强。这四句诗不如说它是鹃字押重韵，因为它下文都是押元至先韵，且再有一鹃字。或是说它无韵，譬如古诗"鱼戏莲叶东，鱼戏莲叶西，鱼戏莲叶南，鱼戏莲叶北"，也是无韵的诗。杜诗也是这一类，不能说它有韵，倘如说它有韵，那么，"少小离家老大回，乡音无改鬓毛衰。儿童相见不相识，笑问客从何处来"，"童""从"也可说是押韵了。老实说一句，胡适之先生自己说，"免""愿"二字是押韵，全是违心之言。你试翻他《尝试集》第二编第五五和五六两页一看便知道了。他这首小诗后面，有一个跋语，跋语的最后一句说道，"遂用《生查子》词调，做了这首小诗"。我翻出词谱一对，果然是半首《生查子》。既然是《生查子》词调，何以能将韵押在中间？既然他说这是他底一种尝试押韵法，何以当时又注明是用《生查子》词调？先后两句话，必有一句不对。然我们认他前面是本心话，后来是违心话，想骗骗人家罢了。我望刘大白先生，切不可受了他底骗。

（E）双声叠韵和句中用韵问题的往事重提

大白

去年五月间，我因为瞧见胡怀琛先生和胡适之先生辩论诗里面"双声叠韵"和"句里用韵"两个问题，就根据我底意见，在《时事新报·学灯》栏发表了两封和胡怀琛先生讨论的信。同时，胡怀琛先生也曾发表过两封答辩的信。我那时对于他底话，仍旧没有以为全对。不过因为我是个病人，那时候正是病势较重，不能过度用脑的时候，所以不再答辩下去了。现在从广告上瞧见胡怀琛先生底《〈尝试集〉批评与讨论》出版了，把我那两封信也编在里面，却引起我答辩底兴趣来了。所以我现在就借着《觉悟》栏底空白，把往事今朝重提起。

（一）双声叠韵问题。胡怀琛先生第一次答辩的信上，注意"利用"两字。他说：

> 我说我们利用双声叠韵，只有"丁东""苍茫"一类的字。他说不对，他又引出许多古人底成句来做例。这句话从一方面看来，似乎不错，但是他把我原文"利用"二字轻轻去掉了。原来我并没说除了"丁东""苍茫"等，没有双声叠韵的字。我是说我们除了这等的字，我们不必利用。"利用"二字，

便是用了能增加文字底优美。倘然不能增加文字底优美，又有它字可代，乐得不用。像胡适之先生底诗，便是可以不用……

他第二次信上又说：

双声叠韵的字，我并不是说除了我所指出的一类外便没有，不过说不必"利用"罢了，而且不限于形容词，便是名词、动词、叹词都有的，譬如"蟋蟀""蜻蜓"……"徜徉""徘徊"……"呜呼"等字都是。但是总要两字有同样的性质，同轻重的声调，用起来才算能增进文字底优美。而且一句诗里，用双声叠韵字不能过半数，过了半数，便不好，读起来好像口吃了，譬如"蟋蟀鸣啾唧"，这句诗过了半数，读起来很不好……

他又在第一次信上，说我底信上引的古人底成句，不外下面三个原因：

（一）并非有意用双声叠韵，增加文字底优美，刚巧那两字是双声叠韵，却也无法用它字代。

（二）古人故意用双声叠韵字做诗，算一种游戏诗,和回文、限字、全平、全仄是一类的。如温飞卿底"废砌翳薜荔,枯湖无菰蒲"便是。这种全是小家习气,全是勾心斗角的法子,我想新体诗决不许如此……照此看来,除了"丁东""苍茫"一类可以利用外,其它不是属于游戏,便是无法避去了。

(三)古人底成句如此,或者是古人底毛病,我们也不能全认它是好(好不好另有真理,不能将古人做标准)。

我现在把他底意思概括起来,大概有下列的六点:

(一)诗里面双声叠韵的字,有可以"利用"的,有不必"利用"的。

(二)"利用"底当否,以用了能否增加文字底优美为标准。

(三)能增进文字优美的条件:(1)要两字有同样的性质;(2)要有同轻重的声调(按:所谓同轻重的声调,不知意义是怎样的,不敢妄断,所以下面暂把这层搁起不说)。

(四)一句诗里,双声叠韵字占了半数以上,就不优美了。

(五)除可以"利用"外,其它不是属于游戏,便是无法避去。

(六)古人成句如此,或者是毛病,不是好。

我对于他底（一）（二）两点，承认他底"利用"说，却不赞同他"不必利用"的话。我以为诗里面用双声叠韵的字，和押韵的作用一样，都是可以增进文字底优美的。有时它底力量，还在押韵以上。因为押韵本来只是用叠韵字的一式，古人更有在句末用两个双声字，和句末用两个叠韵字的法子并行的。像《毛诗·车攻》第五章"决拾既佽，弓矢既调，射夫既同，助我举柴"，首尾两句，用"佽""柴"两叠韵字，中间两句，用"调""同"两双声字，就是两法并行的（这篇诗除第四章"驾彼四牡"底"牡"字，第八章"允矣君子"底"子"字外，无句无韵的）。因此我们可以知道句末用两叠韵字或两双声字，只是用双声叠韵字的一式。后人只沿用了句末用叠韵字的一式，定了一个特别名词叫做押韵，却把其余的式子都丢了。于是瞧见有人在句里用起双声叠韵字来，就把它特别看待了。其实诗里用双声叠韵字的美，是和（双声）谐（叠韵）的美。在两句里相对的地位上用双声叠韵字——例如押韵——的美，兼有整齐的美。用在不相对的地位上的美，兼有参差的美。所以我以为没有什么"不必利用"，不过像那些游戏之作，全句都用同一声母的双声句子，和全句都用同一韵母的叠韵句子，甚至全首都用同一声母或韵母的，所谓"如琴瑟之专一"（但全句都用同一声母的双声字，而收声韵母有阴阳底不同的句子，不在此例），偏和偏谐，反而不和不谐，却也是求美而反有伤于美的罢了。因此我对于他底（三）之（1）和（四），都不赞同。现在我把古人中著名善于"利用"双声叠韵，而并不是出于"游戏"，也不是"无法避去"的杜甫底诗，举几个例如下：

> 君看随阳雁，各有稻粱谋。

"君""各"双声；"随"古音佗，和"稻"也是双声；"阳""粱"叠韵；"看""雁"叠韵；"有""谋"叠韵。你看它底组织，何等工巧，何等自然！

> 谁能更拘束，烂醉是生涯。

"更拘""是生"都是双声。

> 结根失所缠风霜，庭前甘菊移时晚。

"结根""失所""甘菊"，都是双声；"移时"叠韵。

> 此时骊龙亦吐珠，冯夷击鼓群龙趋。

"此时""吐珠"，都是叠韵；"骊龙""击鼓群"，都是双声。

经过霖潦妨。

"经过""霖潦",都是双声。

每岁攻驹冠边鄙。

"攻驹冠""边鄙",都是双声。

见轻吹鸟毳,随意数花须。

"见轻""吹""毳""数""须",都是双声;"随意"叠韵。

但觉高歌有鬼神,焉知饿死填沟壑。

"觉高歌""鬼""沟",五字双声;"焉""填"叠韵。

主将收才子,崆峒足凯歌。

"主将""才子""凯歌",都是双声;"崆峒"叠韵。

此行既特达,足以慰所思。

"特达""所思",都是双声。

皇华吾善处,于汝定无嫌。

"皇华"双声;"于汝"叠韵。

青冥犹契阔,陵厉不飞翻。

"青冥"叠韵;"契阔""陵厉""飞翻",都是双声。

途远欲何向,天高难重陈。

"远欲""何向""重陈",都是双声。

头上何所有?翠为匌叶垂鬓唇。背后何所见?
珠压腰衱稳称身。

"为匌""压腰"都是双声;四字相与,也是双声;"为""垂"叠韵;"压""稳"双声;"叶""衱"叠韵;古音齿头和正齿不分,"珠""翠"也是双声。你看它底组织,何等工巧,何等细密!

二年客东都，所历厌机巧。野人对腥膻，蔬食常不饱。

"东都""机巧""腥膻""不饱"，都是双声。

　　鼎食分门户，词场继国风。

"分门"叠韵；"继国"双声。

　　仙李蟠根大，猗兰弈叶光。

"蟠根"叠韵；"弈叶"双声。

　　森罗移地轴，妙绝动宫墙。

"移地""动宫"，都是叠韵。

　　隅目青荧夹镜悬，肉鬃碨礧连钱动。朝来少试华轩下，未觉千金满高价。

"青荧""碨礧""连钱"都是叠韵；"夹镜"双声；"少试""华轩"都是双声；"觉""金""高价"，四字双声。

君门羽林万猛士,恶若哮虎子所监。

"君门""恶若",都是叠韵;"万猛""哮虎",都是双声。

留连春夜舞,泪落强徘徊。

"留连""泪落",四字双声;"徘徊"叠韵。

永与奥区固,川原纷渺冥。

"永与""渺冥",都是双声;"区固""川原",也都是叠韵。

劝客驼蹄羹,香橙压金橘。

"劝客""驼蹄""金橘",都是双声;"羹"和"金橘",三字双声。

去住彼此无消息。

"去住""彼此",都是叠韵;"消息"双声。

>　　看我形容已枯槁。

"形容已"双声;"看"和"枯槁",三字双声。

>　　和虏犹怀惠,防边讵敢惊。

"犹怀惠""讵敢惊",都是双声;"防边"双声。

>　　疮痍亲接战,勇决冠垂成。

"疮""亲""痍""勇""接战""决冠""垂成",都是双声。

>　　于今国犹活,凄凉大同殿。

"今国""犹活""大同殿",都是双声。

>　　早行石上水,暮宿天边烟。

"石上水"双声;"天边烟"叠韵。

>　　仓皇已就长途往,邂逅无端出饯迟。

"仓皇""长""往",都是叠韵;"邂逅""出""迟",都是双声。以上举例,好像太琐碎,胡怀琛先生又要说"不必多引"了。但我觉得要使不明白的明白一点,却也不厌求详。现在我们可以从上面的例里,看出下列三点:

(一)杜甫诗里"利用"双声叠韵字的句子,差不多每首都有,却并非出于"游戏",也不是"无法避去"。

(二)他所"利用"的双声叠韵字,有许多都不是"有同样的性质"的。

(三)一句里"用双声叠韵字过半数"的很多,读起来并不觉得"好像口吃",而且很能引起我们底官快神怡。既能引起我们底官快神怡,就可见得是好,是优美,不是毛病。

至于胡怀琛先生所举的"蟋蟀鸣啾唧",何以读起来会像口吃呢?这是因为,(一)"蟋蟀""啾唧"四字都是齿音;(二)"蟋蟀""唧"三字都是促音;(三)"啾唧"二字,本来和口吃人所发的声音一样;并非"用双声叠韵字过了半数"的缘故。要是照他所说,那么,《毛诗》底劈头第一句"关关雎鸠",就是用双声字过了半数的,就应该"读起来好像口吃"了,何以实际上并不如此呢?我以为这其间有一个收声底舒促拿侈阴阳在那里调节它的关系。例如"关关"阳声,"鸠"阴声,并且"雎"也是阴声,读起来就无碍了。又如"蟋蟀鸣啾唧",幸亏"鸣"字还是阳声,所以读起来像口吃的程度还差一点。要是换了个阴声字"又",或者更换个促音字"忽",那就要更觉得像口吃了。因此我们可以知道诗句里"利用"双声叠韵字,只要有收声底舒促夺侈阴阳在其间调节它,就是过了全句字数底半数,也不要紧。所以像胡适之先生底"也想不相思","想""相"两字阳声,"思"字阴声,而且"也"字阴声,"不"字促音,相间着用,所以虽过半数,并不要紧。又,"几次细思量"在"几次细思"四个阴声下面用一个阳声字"量"去衬着它,虽是用叠韵字过了半数,也不要紧了。要是把"量"字改个"惟"字,那就犯了"专一"的毛病了。

复次,"好不好另有真理,不能将古人做标准",这句话我很赞同,但是他上面"或者"两字,太游移了。我以为既然有真理先生在那里做裁判官,用不着什么"或者"。我现在妄断着,把所谓好底真理——就是优美底真理——说在下面:

凡是诗句,读起来能引起人底官快神怡的,就是好,就是优美。要是说我这话太偏于主观了,我也承认。不过好不好、优美不优美底判断,本来是属于感情,偏于主观的,所以只能如此说法。那么,如其我所认为好认为优美的,胡怀琛先生以为不然;那一定是他底感情、他底主观和我不同的缘故了。

(二)句里押韵问题。胡适之先生说的句里押韵,是否骗人,我是否受他底骗,现在我都不管。我只觉得句里押韵,是一定可以的,古人也有先例的。因为我认定押韵不过是"利用"叠韵字的一式,在句末或在句里,是没有两样的。例如《毛诗·唐风·葛生》,"角枕粲兮,锦衾烂兮","角""锦"双声,"枕""衾"叠韵;"粲""烂"叠韵;这和前举杜诗里的"君看随阳雁,各有稻粱谋""翠为菡叶垂鬓唇……珠压腰衱稳称身"底组织是一样的。"枕""衾""叶""衱",都可以说是句里押韵,不过句末也押韵罢了。至于明明只在句里押韵,像《大雅·荡》底"文王曰咨,咨汝殷商",杜甫《杜鹃》底"西川有杜鹃,东川无杜鹃,涪万无杜鹃,云安有杜鹃",即使胡怀琛先生用什么乐谱和古诗来遮读者底耳目,也是遮不住的。只有他说《陟岵》诗该在"子""季""弟"三字上读断,我觉得是有道理的。不过我以为与其把"行役"另作一读,不如把它连下读。

复次,胡怀琛先生在第一次答辩的信上又说:

"免""愿"二字都是 Transitive Verb,"相思苦""相思苦"都是 Object,试问可以分断不可以分断?

我却要回问一句:像《毛诗·关雎》底"左右流之""寤寐求之"的"流""求"二字,是不是都是 Transitive Verb?两个"之"字,是不是都是 Object?难道都要照他底读法分断了,在"流"字、"求"字上停住了,再读"之"字吗?其实我们读的时候，不过把"流""求"二字读重一点罢了。所以在"免""愿"二字上，也只要读重一点，何必分断停住呢？

以上的话，似乎太噜苏了，但我觉得有话总是说明的好。究竟对不对，还请读者和胡怀琛先生底教！

（F）答覆刘大白先生

胡怀琛

前天《觉悟》栏内，登了刘大白先生底一篇论诗的文章。刘先生底意思，是再要和我讨论"双声叠韵"的问题，和"句中用韵"的问题。刘先生底学问，我是很佩服的；他做底诗，有几首我也很喜欢读。至于说到这两个问题，我底意见却有些地方和他不同。他既然愿意和我讨论，我也很欢喜将我底意见说说，向他领教。如今分别说明如下：

（一）双声叠韵的问题

刘先生底意见，大约可分数项：（一）反对我说"用双声叠韵时，要两字有同样的性质，才可利用"。（二）反对我说"一句诗里双声叠韵字占了半数便不美"。（三）他说我所举的"蟋蟀鸣啾唧"因为四字都是齿音，所以读起来像口吃，并非是双声叠韵的关系。（四）他说胡适之先生底"几次细思量"上面四个阴声，下面有一个阳声，所以不要紧。我对于他底四层意见答覆如下：

（一）我所说的双声叠韵，要有同样的性质，系指两字相连。倘然两字不相连，那是另外一个问题，要说起来，很是复杂。因为不限定两字相连，那么任便两句诗里，大多数可寻得出有双声字或叠韵字，我们便硬指它是利用了来增加文字底优美，恐怕未必。譬如"清明时节雨纷纷，路上行人欲断魂"，硬指"清""明""行"三字是利用叠韵，"纷""人"二字又是利用叠韵，我想断不能如此说。譬如又说"人"字也是押韵在中间，那更是笑话了。刘先生举的例，大约都是如此，所以他底话我不承认它是对。至于这诗里"清明"二字是相连的叠韵字，因它是两字合成的一个名词，所以无论是叠韵不是叠韵，我们用不用，要听其自然。自然须用时，避也不能避；自然不须用时，利用也用不来。

（二）一句诗里双声叠韵字占了半数，天然不美，刘先生却说不然。他举例是很多的，但是我以为他仍旧误会了。现在从他所举的各例之中拿一例出来讨论。"留连春夜舞，泪落强徘徊"，他说"留连""泪落"四字是双声，这话错了。原来应该说，"留连"是一个双声，"泪落"是一个双声。这样四字两个声，和胡适之底"几次细思"四字一个声不同，而且两个双声是用在两句里，和胡适之先生四个同声字用在一块更不同。可见我不赞成胡适之先生并不曾错。

（三）刘先生说，我所举的"蟋蟀鸣啾唧"四字都是齿音，所以读起来像口吃，不错不错，但是他何不想想，胡适之先生底"几次细思",也不是四个字都是齿音吗?我所举的四字齿音,中间还隔着一个唇音(鸣字),胡先生将四个齿音连在一块,可见他是比我所举的更要口吃了。

(四)刘先生说,胡先生底"几次细思量",上面四个阴声,下面一个阳声,所以不要紧。我却说,虽然不要紧,但是改了一个字觉得更好。

(二)押韵在句中的问题

《毛诗》中押韵有在句中的,古人也已说过,举例很多的是清朝钱大昕《十驾斋养新录》。他所举的例,我只觉得有一例很不错,便是"期我乎桑中,要我乎上宫","桑""上""中""宫"皆是押韵,其外各例理由皆不充足。我曾做过一条笔记说明此事了,可惜这里不能多述(如刘先生要看时,我再给他看)。刘先生所举的"角枕粲兮,锦衾烂兮",这个例钱大昕也举过的,我也赞成。这个例和前面"期我乎桑中"两句相同,因为除去"兮"字不算,都是句末一字及倒数第二字押韵。可见(一)押韵在中间是可以的,但中间押了句末仍要押。(二)押在中间的韵最好是倒数第二字。胡适之先生底诗却不是如此。

刘先生说,《毛诗》里"左右流之""寤寐求之"两句,"流""求"都是 Transitive Verb,两个"之"字都是 Object,然而读到"流"字、"之"字可以停住。那么,胡适之先生"兔""愿"两字也可停住了。刘先生这句话是错了,我可详细说明如下：

《毛诗》里的原文是"参差荇菜，左右流之"，"窈窕淑女，寤寐求之"。"流"字底 Object 形式是"之"字，实际是"荇菜"；"求"字底 Object 形式是"之"字，实际是"淑女"，这是一种倒装句法。"荇菜""淑女"在前面已经重读过了，所以下面两个"之"字很可以读得轻。"之"字可以读得轻，"流"字、"求"字便可以读得重，所以可停；若胡适之先生底"可免相思苦""情愿相思苦"是顺装句法，"免"字、"愿"字底 Object 前面都没有说过，所以"相思苦""相思苦"不得不重读。两个"相思苦"既然要重读，"免""愿"便不得不轻读了，便决不能停了。

再者，刘先生又专引许多杜诗做例。我说杜诗专门以做工取胜，天然的元气，斫丧完了，这是我们新诗人极端反对的，我们虽也讲究修饰，但决不是像杜诗那样硬做死工夫。所以我对于刘先生专举杜诗为例，甚不赞成。

（G）答覆胡怀琛先生
——"双声叠韵"和"句里用韵"问题——

大白

胡怀琛先生：

现在我们直接谈谈吧。

先生答覆我的论文，我在二十二日的本栏瞧见了，我很感谢先生底指示，但我仍有不以为然的地方，要和先生商榷。先生误会我底意思的地方，也附带着声明一下：

（一）双声叠韵问题

（一）我所举的双声叠韵底例，都是针对先生底原文而设的，先生说两字要有同样的性质，我以为两字不但相连，而且一定要连绵的，才可以算是有同样的性质。所以举了些不相连的像"吹鸟毳""数花须""长途往""出饯迟"，和虽相连而非连绵的像"更拘""是生""结根""失所"……的例，证明两字不必有同样的性质，用起来也能增进文字底优美。先生说一句诗里，双声叠韵字占了半数以上，就不优美，而且读起来好像口吃，我以为不然，所以举了些一句里双声叠韵字占半数以上的例。其中有相连而不同纽同韵的，像"结根失所""碾磕连钱"等；有相连而同纽同韵的，像"犹怀惠""讵敢惊""石上水""天边烟"等；有不相连而同纽同韵的，像"觉高歌""鬼""仓皇""长""往"等；有不相连而不同纽同韵的，像"青冥""契阔""陵厉""飞翻"等；证明一句里双声叠韵字虽占半数以上，并不见得不优美，也并不觉得好像口吃。至于隔句的双声叠韵，除"君看……""翠为……"两联外，像"觉高歌""鬼""沟""羹""金橘"等，不过随便指出罢了。所以我虽然指出"翠为……"联底"叶""袚"两字是句里押韵，也并没有像先生说的硬扭"路上行人"是押韵在中间。我以为用在两句里相对的地位上，像"更拘""是生""吹""毳""数""须"等，用在一句里而两两连绵或相连的，像"青冥""契阔""经过霖潦"等，当然是有意利用了来增加文字底优美的，不能说是"硬指"。此外用在一句里，各不相连，但占半数以上的，虽然不是有意利用了来增加文字底优美，但也不见得因此可以看出它底不优美，和像口吃。可见属于后者的例，只是证明并非不优美，和不像口吃，不曾"硬指"它是利用了来增加文字底优美。所以这一层是先生误会了。

（二）先生说"一句诗里双声叠韵字占了半数，天然不美"，我始终不以为然。先生不赞成我专举杜诗为例，现在我再举几个杜诗以外的例如何？《古诗十九首》底：

"驱车策驽马，游戏宛与洛"，"驱车""驽马"四字叠韵，"游戏宛与"四字双声。

"极晏欢心意"，"晏欢""意"三字双声。

"慷慨有余哀"，"慷慨""有余"都是双声。

"含英扬光辉"，"含英扬""辉"四字双声，"英扬光"三字叠韵。

"河汉清且浅"，"河汉""清且浅"都是双声。

"所遇无故物"，"所遇无故"四字叠韵。

"荣名以为宝"，"荣名"叠韵，"以为"双声。

"蟋蟀伤局促","蟋蟀""局促"都是叠韵。
"沉吟聊踯躅","沉吟"叠韵,"踯躅"双声。
"多为药所误","多为""所误"都是叠韵。
"焉能凌风飞","能凌"叠韵,"风飞"双声。

都是一句诗里双声叠韵字占了半数以上的,并不觉得不美。又如《毛诗》底:

"如有隐忧","有隐忧"三字双声。
"死生契阔","死生""契阔"都是双声。
"踊跃用兵","踊跃用"三字双声。
"睍睆黄鸟""爰有寒泉","睍睆黄"双声,"爰有"双声,"寒泉"叠韵。
"以阴以雨",全句双声。
"流离之子","流离"双声,"之子"双声兼叠韵。

也都是一句诗里双声叠韵字占了半数以上的,并不觉得不美。而且像"游戏宛与洛""含英扬光辉""所遇无故物""踊跃用兵""以阴以雨"等,都是"几次细思"的一类,读起来也并不觉得像口吃。至于先生特地把"留连""泪落"一例指出来,以为我误会,这是我上面已经声明了,是随便指出的。

要是先生把这一例来概尽我其余诸例,说都是误会的,那却是先生误会了。

(三)我很感谢先生指示我"几次细思"四字也都是齿音(其实几字并非齿音),但是我以为这四字还有个和"蟋蟀啾唧"不同的地方,就是"洪纤"。因为"蟋"和"啾唧"都是齐齿音,"蟀"是撮唇音,都是偏于"纤"的,所以读起来像口吃了。"几""细"是齐齿音,"次""思"是开口音,"洪纤"相间着用,所以读起来并不觉得像口吃。试看和它相类的"所遇无故"四字,也因为"所""故"是合口音,"遇""无"是撮唇音,"洪纤"相间着用,所以读起来也不像口吃。其实"蟋蟀……"句底像口吃,重要原因,只是"啾唧"二字,试把这两字改作"匆促"或"斋侧",就使把"鸣"字移在下面,变成"蟋蟀匆促鸣",或"蟋蟀斋侧鸣",也就不像口吃了。

(四)先生说"虽然不要紧,但是改了一个字觉得更好",那么,先生已经承认是不要紧了。

由以上四层,可见先生并没有提出强有力的论据来,推翻我底论据,所以我仍旧坚持我底一说。

(二)句里押韵问题

《毛诗》底句里押韵的例,非常地多,钱大昕所举的,还是很少的一部分。其中像他说的《麟趾》底两"麟"字为韵,《驺虞》底"乎"与"虞"韵,《权舆》底"乎"与

"舆"韵，我是不以为然的。我以为《麟趾》底两个"于嗟麟兮"底"麟"，都是和上句"振振……"底"振"为韵的。《驺虞》底押韵，更细密了。"茁""发""嗟"为韵，"者""五""于""虞"为韵，"嗟""虞"也是韵，因为古音"歌""鱼"两部相转的缘故。《权舆》是两"於"字与两"于"字为韵，两"我"字与两"嗟"字为韵，"舆""嗟"也是韵，缘故同上，这都可以证明句里押韵的。其余像《褰裳》底两末句，好像没韵，其实是以"……狂也且"底"狂"，和"褰裳……"底"裳"为韵；《君子阳阳》底两末句，也好像没韵，其实是以"其乐只且"底"其""乐"，和"右招我……"底"右""招"为韵；也都是可以证明句里押韵的。但这些都是句里虽然押韵，可是句末也押韵的。现在更举出几个句末不押韵的例来如下：

"知子之来之，杂佩以赠之。"（《女曰鸡鸣》篇）"子""来""佩"为韵，"赠"但和"子"双声。

"中心好之，曷饮食之？"（《有杕之杜》篇）"心""饮"为韵。

"无竞维人，四方其训之。有觉德行，四国顺之。讦谟定命，远犹辰告；敬慎威仪，维民之则。"（《抑》篇）"竞""方""行"为韵，"人""命""慎""民"为韵，"训""顺""辰"为韵,"觉""犹""告"为韵,"德""国""则"为韵,只有"仪"字非韵。

"如彼岁旱,草不溃茂,如彼栖苴。我相此邦,无不溃止。"(《召旻》篇)"岁""溃""栖""此""溃"为韵。

这些都可以证明句里押了韵,句末不必再押的。至于其余句里押韵,句末也押韵的例,很多很多,简直举不胜举,我也不再噜苏了。至于先生说句里押韵,最好是倒数第二字,那也不然。《毛诗》底句里押韵,是没有这种限制的,不但句里押韵,而且还有句首押韵的呢。例如:

"求之不得……悠哉悠哉。"(《关雎》篇)"求""悠"为韵。

"鸿飞遵渚,公归无所。"(《九罭》篇)"飞""归"为韵。

"追琢其章,金玉其相。"(《棫朴》篇)"琢""玉"为韵。

"鴥彼晨风,郁彼北林。"(《晨风》篇)"鴥""郁"为韵。

"翙翙其羽……蔼蔼王多吉士……媚于天子……凤皇鸣矣,于彼高冈。梧桐生矣,于彼朝阳。菶菶萋萋，雍雍喈喈。"（《卷阿》篇）"翙""蔼""媚"为韵，"皇""冈""阳"为韵，"鸣""生"为韵，"高""朝"为韵，"桐""萋""雍"为韵，"萋""喈"为韵。

这些可不是没有限制，而且还有在句首的吗？

先生说我说读到"流"字、"求"字可以停住，我原文绝没有这话，而且我是反对停住，说只要读重一点，不必分断、停住的。原文说得很明白，先生怎地会看错呢？

先生又说"流"字、"求"字的Object，形式是"之"字，实际是"荇菜""淑女"，在前面已经重读过了，所以"之"字可以读得轻，"流"字、"求"字可以读得重。这话对于"之"字，也许勉强可以说得。但像《北门》底：

王事适我，政事一埤益我……室人交遍谪我。

《蓼莪》底：

父兮生我，母兮鞠我，拊我畜我，长我育我，顾我复我，出入腹我。

都不能于"我"字以外再找出一个实际的Object来，那又怎么解释呢？

至于先生说杜诗专门以做工取胜，应该反对，我却以为"反对"和"优美"是两个问题。譬如有人反对都市底建筑，说它"天然的元气，斫丧完了"，不如郊野底园亭，这话自然有道理，但一面也不能就此抹煞那些宫殿楼台底美。我以为杜诗正如都市底建筑，虽然天才不及太白，只以做工取胜，反对它则可以，却也不能抹煞它底美。尽有因为诗派不同，甲派反对乙派底诗，但也仍无伤于乙派底诗底美的。所以"反对"和"优美"是应该分开来论的。

再者，还有一个附带的问题，我也和先生谈谈。先生曾说古乐府《江南》底下半首，是无韵的，我却有个证明它是句句有韵的说法。我记得从前曾经从某种笔记（书名不记得了）上，瞧见一条说它是有韵的话。它底说法，大约是说"北"底古音读若"比"，所以可以同"西"押韵。其实这是完全不懂古音的话。他不知道讲起古音来，"西"字是在"真"部的，汉魏晋间（原诗是魏晋间的乐府所奏）的人，还是读若"先"的。所以就使"北"字有可以读作"比"字的理，也不能和"西"字押韵；何况"北"字底古音，绝不是读作"比"呢？所以我底说法，和他不同。我以为这首诗是"莲"与"间"为韵，"田"与"东"、与"西"为韵，"南"与"北"为韵。"西"与"田"古音同在"真"部，当然是韵。"东"字在《毛诗·桑柔》"自西徂东"句,和上文"殷""辰"、下文"瘩"为韵。这几字古音都是在"真"部的;"东"字既可以和它们为韵,自然也可以和"田"字、"西"字为韵了。"南"底古音在"侵"部,"急"底古音在"缉"部,不过平入底分别。但是"急"字在《毛诗·六月》"我是用急"句,和上文"饬""服"、下文"国"为韵;在《尔雅·释训》"愈遏急也"句,和上文"福""极""德""直""力""服",下文"息""德""忒""食""则""慝"等为韵。这几字古音都是在"之"部的,"急"字既可以和它们为韵,那么,同在一部的"南"字,也可以和"北"字为韵了。这就是我证明这首诗句句有韵的说法,可惜所举的都是旁证,现在还找不出正证来,所以虽然可备一说,却还不敢自信,不过既然见到了,就和先生谈谈,也是不妨。

附注:要说《江南》是句句有韵的,还有一个说法。因为"戏"字底古音是在"歌"部的,所以可说后五句底"戏"字,是和前两句底"可"字、"何"字为韵的。这一说虽然近于滑稽,但它底理由,似乎比前说还充分一点。(一)以"戏"字古音为据,是个正证,绝不牵强;(二)古人本来不避重韵;(三)全首一韵,而且可作句里押韵的例证:所以觉得比前说充分一点。

（H）答覆刘大白先生

胡怀琛

大白先生：

昨天《觉悟》栏内你给我的信，我读过了。你底话固然是很有研究，但是我仍有一部分不能完全赞同。

我们现在所讨论的，已到很精细的地方了。如在粗浅的地方，是不是，错不错，很容易说明，很容易确切断定；现在到了精细的地方，是不是，错不错，实在有"失之毫厘，差以千里"的情状。这种地方，我们要说明它，要确切断定它，是一件很难的事。即如先生这封信里也有几处是如此。如今拣比较上容易说明的拿出两条来说说。

（一）先生说"沉吟聊踯躅"，"沉吟"是叠韵，"踯躅"是双声；双声叠韵占了半数，并不见得不美。我说先生这句话还有点误会。因为这句诗，双声也没有占半数，叠韵也没有占半数，不过将双声叠韵合计占半数罢了。我可详细说明如下：

　　沉吟登嵚岑。叠韵在半数以上。
　　沉吟聊踯躅。叠韵不到半数。
　　踯躅行局促。双声在半数以上。

沉吟聊踯躅。双声不到半数。

沉吟复沉吟。叠韵虽在半数以上，却无妨。

踯躅复踯躅。双声虽在半数以上，却无妨。

沉吟复徜徉。叠韵在半数以上，但是两个韵，也不妨。

踯躅复徘徊。双声在半数以上，但是两个声，也无妨。

以上所举的例，文义当然不美，不过以此表明双声叠韵的关系罢了。

双声叠韵，有上面各种格式。我所不赞成的，只不过（一）（三）两种，且此（一）（三）两种之中，倘遇着天然好句不能避去的地方，我也主张不避。至于先生所举的例，并不是在我反对之列。

（二）先生说，"流离之子"，"流离"是双声，"之子"是叠韵兼双声，这话固然不错；但"流离"又是一个声，"之子"又是一个声，正和前面我所举的第八例相同。若说单是"流离"二字，在本句里已占了半数。我说这又是一个问题，因为四言句总计不过四字，不用双声叠韵字便罢，如用到时，总是占半数。

附说一句，我对于此事最初的原文是"过半数"，先生这回误作"占半数"，"过"与"占"很有分别。我前面是跟着先生说的，这里特为申明一下。

（三）先生说，"鸿飞遵渚，公归无所"，"飞""归"是押韵，这话不错，但是"飞""归"二字都可以读断，而且在意义上讲，必须稍停一停，才显得出它底意思，连读下去，反而不对。如用白话说出来，更为明白。说明如下：

你看那鸿飞，它还遵着渚；你今要归去，却无处可归了。

总说一句，诗是极复杂、极精微的一件事，我们任便举一例，不知这个例又含了别种的关系，另外生了变化。我到现在，我方觉得只能心领神会，实在是难拿言语说明了。

（I）再答胡怀琛先生

大白

胡怀琛先生：

我从前月二十九日起，因为蛀牙成痛，痛苦非常，失眠七昼夜，所以见了先生答覆我的信，一时不能作答，实在抱歉得很！

我对于先生底话，还要答辩几句如下：

（一）先生说我举的"沉吟聊踯躅""流离之子"等双声

叠韵字占半数以上的例，是误会了先生底原意，其实我并没有误会。因为先生原举的"蟋蟀鸣啾唧"一例，也只是"蟋蟀"一个叠韵兼双声，"啾唧"一个双声，就算过了半数，所以我才于"游戏宛与洛"等例以外，兼举了这一类的例。如其说"蟋蟀""唧"三字是叠韵，所以才算是过了半数，那却又和先生原定的要两字相连的条件不合了。

（二）我在《"双声叠韵"和"句里用韵"问题底往事重提》那篇文上，也有照先生底原文说"过半数"的，也有因行文的便利说"占了半数以上"的。但在"占了半数"四字以下，附着"以上"两字，意义就和"过半数"相同（虽然法律上严格的解释，"过半数以上"和"半数以上"底意义不同，但我用"占了半数以上"六字，确是把它当作和"过半数"有同样的意义的）。前月二十五日答覆先生的信内，在我自己底话里，都是"占了半数以上"，或"占半数以上"。只有引先生底话里，有一个"占了半数"，那却是照前月二十二日先生答覆我的那篇文上的原文的。所以我在文字上固然没有说过"占半数"，在意思上也绝没有有意地把"过半数"改作"占半数"，这是应该声明的。

（三）我以为"双声叠韵"和"押韵"，都是诗底"音乐的"一部分。音乐是可以拿言语说明的，所以"双声叠韵"和"押韵"，一定也可以拿言语说明的。我虽然不懂音乐，但是倘然照音韵上的知识，像阴阳弇侈（开口齐齿为侈，合口撮唇为弇）、洪纤（开口合口为洪，齐齿撮唇为纤）、舒促等仔细研究起来，一定可以归纳出几条通则来。所以我反对先生底心领神会说。至于先生所不赞成的（一）（三）两例，我底意见也和先生不同。第三例我不认为不能赞成（按："踯躅"和"局"、和"促"都不是双声，只有"躅"和"局促"是叠韵；所以原文"双声"两字，许是叠韵两字底误笔，但并不相连，至多也不过嫌它促音字太多）。因为倘然改作"踯躅上长堧"或"踯躅复踟蹰"，都是双声在半数以上，却也不见得什么不能赞成。第一例底毛病，我以为全是"沉吟"和"嶔岑"都是齐齿音，和"登"字收 eng，"沉吟嶔岑"四字今音收 en，古音收 em，虽不同韵，却同韵母的缘故。试把它改作"沉吟上嶔岑"，或"沉吟步嶔岑"，就没有什么毛病了。又试把它改作"彷徨复相羊"，或"花谢剩权枒"，更没有毛病了。

（四）先生说"鸿飞遵渚，公归无所"底"飞""归"二字可以读断，我也不以为然。因为"鸿飞""公归"，都已成为一个名词，就是这两句底主语，申说原文，只要说"鸿底飞是遵着渚的，公底归却无所了"，不必像先生这样拆开来说，况且就是承认了先生底话，又何解于"追琢其章，金玉其相"呢？又，前次漏说了一个"鸿""公"为韵，特地补出。

（二）《孔雀东南飞》底时代问题

（A）马彦祥底信

大白先生：

十三年五月份的《晨报副镌》所载梁启超底一段演讲——《印度与中国文化之亲属的关系》——里面有这么几句话：

> ……我国古诗从三百篇到汉魏的五言，大率情感主于温柔敦厚，而资料都是现实的。像《孔雀东南飞》和《木兰辞》一类的作品，都起于六朝，前此却无有（《孔雀东南飞》向来都认为汉诗，但我疑心是六朝的，我别有考证）……

据他说，《孔雀东南飞》是六朝时受《佛本行赞》的影响而产生的，这的确是很有研究价值的一个疑问。

不过他说的"别有考证"，我至今还没有见着，真是奇怪。大概他又是"今日之我与昨日之我宣战"了！这两天因为要作叙事诗评，翻覆地把原诗读了十几遍，也觉得有些靠不住。现在把我底怀疑点和意见写在下面，请先生指教！

一、五言诗在东汉时方才渐渐地兴起，为何在建安时就会有这样长篇的创作？这一点，在文学变迁上看来，不是一个极大的疑窦吗？

二、前人认它为汉诗的，并没有确实的证据，所根据的，不过"汉末建安中"一语。其实，这只能证明焦仲卿夫妇殉情是汉末的事，却不能证明这首诗是汉末的产物。

三、原诗有云：

其日牛马嘶，新妇入青庐。

那天先生说"青庐"是当时婚礼中的一物，按：段成式《酉阳杂俎·礼异篇》：

北朝婚礼，青布幔为屋，在门内外，谓之"青庐"。

由此可见"青庐"是后来的婚礼，若汉末已有，不必说"北朝婚礼"了。

四、原诗有云：

青雀白鹄舫，四角龙子幡。

按:《宋书·臧质传》云:

> 世祖至新亭即位,以质为都督江州诸军事……舫千余乘,部伍前后百余里,六平乘并施龙子幡。

可见龙子幡也是南朝时候的风俗,因为在汉末时,我们没有发见过"有龙子幡"的证据。

仅仅以上四点,已足为《孔雀东南飞》非汉诗的疑点,不知先生以为如何?

又,原诗有云:"共事二三年,始尔未为久。"后又云:"新妇初来时,小姑始扶床,今日被驱遣,小姑如我长。"这也是很可怪的,在二三年之中,一个扶床的小孩,竟会和新妇一般长,我不相信有这种事。我以为,这也可以算后人所作,而传闻失实的证明,若是以当时的人而叙当时的事,或者不至有这种误谬。区区的管见,不悉先生于意云何?请赐教!

马彦祥上。

(B) 大白答信

彦祥同学:

你对于《孔雀东南飞》的怀疑,颇引起我研究的兴味。

不过你所提出的五点，前四点似乎都还不足为强有力的证据。因为，（一）五言诗虽然或许起于东汉之初，但到了汉末，已经渐盛，而向长的叙事的方面发展。例如蔡琰《悲愤诗》，便是较长的叙事诗，虽然东坡也曾疑它是后人所作。如果说建安以前，没有较长的五言诗，而建安时突然有这长篇的创作，和文学变迁的史迹不合，那末，六朝时也不曾找得出这样的第二篇长叙事诗来，说是六朝的，也未免可疑了。我以为如繁钦《定情诗》、曹植《赠白马王彪》，虽然不是纯粹的叙事诗，但毕竟也都是较长的，所以在建安时发生此诗，并非不可能。（二）此诗前边的小序，首说"汉末建安中"，末说"时伤之，为诗云尔"（《乐府诗集》作"时人伤之，而为此辞也"）。如果以序为可信，那末，所谓"时伤之"，当然是指当建安时的人伤之了。（三）社会礼俗，往往有很古的遗迹，流传至今，或各地同时保存，或仅仅保存于一隅的。"青庐"也许是汉代所有的婚礼中的一物，而北朝时还保存于北方。段氏指为北朝婚礼，也许因为唐代去北朝较近，知道北朝有此礼俗，而南方已经被淘汰了，所以就知道有此礼俗的地方而言，说是北朝婚礼。咱们不能因此证明汉末无所谓"青庐"。（四）宋时有"龙子幡"，绝不能证明汉末没有"龙子幡"。如果说咱们在汉末时没有发现过有"龙子幡"的证据，就怀疑此诗不是汉末的作品，那么，多数的古代作品，都有可以被这样的怀疑的危险。例如咱们在汉末没有发现过有跳脱的证据，就可以怀疑《定情诗》不是汉末繁钦所作了。至于"小姑始扶床"和"共事二三年"的矛盾，前人早经怀疑。冯默庵氏说：

> 此四句（指"新妇初来时，小姑始扶床；今日被驱遣，小姑如我长"四句）是顾况《弃妇诗》。宋本《玉台》，无"小姑始扶床，今日被驱遣"十字；《乐府诗集》、左克明《乐府》亦然。其增之者，兰雪堂活字《玉台》始也。初看此诗，似觉少此十字不得；再四寻之，至竟是后人妄添。何以言之？逋翁（顾况字）一代名家，岂应直述汉诗？可疑一也。逋翁诗云，"及至见君归，君归妾已老"，则扶床之小姑，何怪如我。此诗前云"共事二三年，始尔未为久"，则何得三年未周，长成遽如许耶？正是后人见逋翁词，妄增入①耳。幸有诸本，可以确证。

冯氏此说，诚然持之有故，但是咱们总还觉得有不满意的地方。（一）无此十字，只作"新妇初来时，小姑如我长"，这两句话，便没有什么意义。（二）顾况《弃妇词》：

---

① 整理者按：原书误作"人"。

记得初嫁君，小姑始扶床；今日君弃妾，小姑如妾长。回头语小姑，莫嫁如兄夫！

前四句也并非直述《孔雀东南飞》。古人诗中直述古诗的颇多，如曹操《短歌行》直述《毛诗·鹿鸣》首章四句，一字不易之类，咱们也可以说曹操一代名家，岂应直述《毛诗》吗？何况顾况并非直述呢？如果说这样就是直述，那末，"记得初嫁君"，和"小姑如妾长"两句，也是免不了直述的嫌疑。（三）宋本《玉台》，和郭茂倩《乐府诗集》，诚然无此十字，但宋本《玉台》，当时必不止一本。也许当时各本中有此十字的一本，不曾流传下来，为冯氏所不及见；而兰雪堂活字《玉台》底印行者，却曾见此一本，其书即据此本印行。（四）扶床的年龄，也不必十分幼稚，十岁左右，也可说是扶床。韩愈《苗夫人墓志》：

　　累累外孙，有携有婴。扶床坐膝，嬉戏讙争。

扶床是指携而言，坐膝是指婴而言。《礼记·曲礼》说：

　　长者与之提携，则两手奉长者之手。

可以被长者提携，能以两手奉长者之手，这一段年龄，正是从五六岁起到十岁左右的年龄。又,"共事三二年"(或作二三年),也可把"三二年"三字,依"三五明月满,四五蟾兔缺"之例,解作三二相乘,等于六年。因为仲卿和兰芝结婚以后的年数,一定记得逼真;不至如下文"未至二三里"的只说约略揣测之辞。如果已满三年,便可说"共事方三年";如果未满三年,便可说"共事二年余",何必说"共事三二年"呢?所以"三二年"可作六年解。而新妇初来时十岁左右的小姑,过了六年,也有如我长的可能了。如果说即使扶床可以指十岁左右的孩子而言,但是始扶床便应指扶床时期底开始而言,似乎不是十岁左右。然而顾况《弃妇词》中的"始扶床",一作"才扶床",可见这"始"字和"才"字同义。"才"字底意义,含有"不过"或"仅仅"底意义。咱们把这四句照它底语气翻成白话,便是"新妇初来的时候,小姑不过扶床的小孩子罢了;现在新妇被驱逐,小姑已经和我一样长了"。照这样解释,有这十字,似乎不发生什么问题。

以上是对于你所举的几点底辨解,也许是我底偏见,我底曲解;但是我却另有证明此诗是汉末作品的证据,且等下文再说。

至于梁氏所说,也不可不辨。他底意思,好像是说《孔雀东南飞》和《木兰诗》,情感都是非温柔敦厚的,资料都是非现实的,但是这两篇诗可以说它们非温柔敦厚,非现实吗？《佛本行赞》，诚然是由梵翻华的五言长叙事诗，但它是无韵的，内容和风格，也和《孔雀东南飞》绝不相同。梁氏说《孔雀东南飞》受《佛本行赞》的影响，大约只就长的一点而言。只有这长的一点，不足为受影响的充分的证据。如果以突然有这样长篇的创作为不合文学变迁的史迹，那末，《离骚》不也是长篇的创作吗？不也是突然出现的吗？它又受了哪一种外国文学底影响呢？

我所谓另有证明此诗是汉末作品的证据，是从它底用韵上看出。此诗底用韵，照现在看，可说是最杂乱了。但是汉代韵书未编，周秦时所仗着作同韵的识别的声母（形声字所从的声），又因为篆变为隶而形体混淆，不可识别了。所以汉代诗中的用韵，本来比较杂乱，上和周秦不同，下和六朝有别。同是杂乱，而平民作品比贵族作品，杂乱的程度更高。此诗是道地的平民作品，所以用韵最杂乱，所用多是那时候的方音。在杂乱之中，咱们可以看出一点，和汉代其余的平民作品如《陌上桑》《陇西行》之类相同的，就是尤侯韵和鱼模韵底杂协，例如：

> 阿母谓府吏，"何乃太区区？此妇无礼节，举动自专由。吾意久怀忿，汝岂得自由？东家有贤女，自名秦罗敷。可怜体无比，阿母为汝求。便可速遣之，遣之慎莫留"！府吏长跪答，"伏惟启阿母，今

若遣此妇,终老不复取"。阿母得闻之,槌床便大怒,"小子无所畏,何敢助妇语?吾已失恩义,会不相从许"!府吏默无声,再拜还入户。举言谓新妇,哽咽不能语,"我自不驱卿,逼迫有阿母。卿但暂还家,吾今且报府。不久当归还,还必相迎取。以此下心意,慎勿违吾语"!

以区、由、由、敷、求、留等杂协,以母、取、怒、语、许、户、语、母、府、取、语等杂协。又如:

府吏马在前,新妇车在后。隐隐何甸甸,俱会大道口。下马入车中,低头共耳语:"誓不相隔卿,且暂还家去!吾今且赴府,不久当还归,誓天不相负!"

以后、口、语、去、府、负等杂协。又如:

其日马牛嘶,新妇入青庐。奄奄黄昏后,寂寂人定初。"我命绝今日,魂去尸长留"!

以庐、初、留等杂协。这和《陌上桑》底:

日出东南隅，照我秦氏楼。秦氏有好女，自言名罗敷。罗敷善蚕桑，采桑城南隅。青丝为笼系，桂枝为笼钩。头上倭堕髻，耳中明月珠。绿绮为下裙，紫绮为上襦。行者见罗敷，下担捋髭须。少年见罗敷，脱巾着帩头。耕者忘其耕，锄者忘其锄。来归相怨怒，"但坐观罗敷"！使君从南来，五马立踟蹰。使君遣吏往，问"此谁家姝"？"秦氏有好女，自名为罗敷"。"罗敷年几何"？"二十尚未满，十五颇有余"。使君谢罗敷，"宁可共载不"？罗敷前置辞："使君一何愚！使君自有妇，罗敷自有夫。东方千余骑，夫婿居上头。何以识夫婿？白马从骊驹。青丝系马尾，黄金络马头。腰间鹿卢剑，可值千万余。十五府小吏，二十朝大夫。三十侍中郎，四十专城居。为人洁白皙，鬑鬑颇有须。盈盈公府步，冉冉府中趋。坐中数千人，皆言夫婿殊。"

以隅、楼、敷、隅、钩、珠、襦、须、头、锄、敷、蹰、姝、敷、余、不、愚、夫、头、驹、头、余、夫、居、须、趋、殊等杂协。又，《陇西行》底：

天上何所有？历历种白榆。桂树夹道生，青龙对道隅。凤凰鸣啾啾，一母将九雏。顾视人间人，为乐甚独殊。好妇出迎客，颜色正敷愉。伸腰再拜跪，问客"平安不"？请客北堂上，坐客毡氍毹。清白各异樽，酒上正华疏。酌酒持与客，客言"主人持"！却略再拜跪，然后持一杯。谈笑未及竟，左顾敕中厨。促令办粗饭，慎莫使稽留。废礼送客出，盈盈府中趋。送客亦不远，足不过门枢。取妇得如此，齐姜亦不如。健妇持门户，胜一大丈夫。

以榆、隅、雏、殊、愉、不、毹、疏、厨、留、趋、枢、如、夫等杂协，是相同的。《陇西行》中以之咍韵底持字、杯字和鱼模韵、尤侯韵底字杂协，也和此诗"十六诵诗书"底书字杂协在飞、徊、衣、悲、移、稀、迟、为、施、归的一群中相类。还有，曹操是建安时代的贵族，他底《蒿里行》：

关东有义士，兴兵讨群凶。初期会盟津，乃心在咸阳。军合力不齐，踌躇而雁行。势利使人争，嗣还自相戕。淮南弟称号，刻玺于北方。铠甲生虮虱，万姓以死亡。白骨露于野，千里无鸡鸣。生民百遗一，念之断人肠！

以东钟江韵底凶，庚青韵底鸣，和阳唐韵底阳、行、戕、方、亡、肠等杂协，而此诗：

"……妾有绣腰襦,葳蕤自生光。红罗复斗帐,四角垂香囊。箱帘六七十,绿碧青丝绳。物物各自异,种种在其中……时时为安慰,久久莫相忘"!鸡鸣外欲曙,新妇起严妆。著我绣夹裙,事事四五通。足下蹑丝履,头上玳瑁光。腰若①流纨素,耳著明月珰。指如削葱根,口如含朱丹。纤纤作细步,精妙世无双……两家求合葬,合葬华山傍。东西植松柏,左右种梧桐。枝枝相覆盖,叶叶相交通。中有双飞鸟,自名为鸳鸯。仰头相向鸣,夜夜达五更。行人驻足听,寡妇起彷徨。多谢后世人,戒之慎勿忘!

以蒸登韵底绳,东钟江韵底中、通、双、桐、通,庚青韵底更,和阳唐韵底光、囊、忘、妆、光、珰、傍、鸯、徨、忘等杂协,这一点也是相类的。这种用韵底杂乱,是有韵书的六朝时代所无的,即使在平民作品中。所以我以为在这一点上,可以看出此诗确是韵书未起的建安时代的作品。

一九二六年一月五日,大白。

---

① 整理者按:原书误作"著"。

（C）曹聚仁谈《孔雀东南飞》

《黎明》十五期，大白先生和彦祥先生谈到《孔雀东南飞》底时代问题；我对于大白先生底答覆，还觉得不满意，所以也来谈《孔雀东南飞》。

彦祥先生所提出的意见，似乎是依照陆侃如先生底《〈孔雀东南飞〉考证》；因为马彦祥先生文中"不过他说的'别有考证'，我至今还没有见着，真是奇怪；大概他又是'今日之我与昨日之我宣战'了"那几句话，固和陆氏考证中"况且他还说'别有考证'……不料到如今已有一年了，却不曾看见梁先生有考证此诗的文字发表。并且黄晦闻先生曾特地写信给他，请他指出证据，但至今尚未有回信来。或者他又要'今日之我与昨日之我宣战了吗'"？那些话相类，并且所用的证据，也完全相类。可惜他遗漏了陆氏底几个重要意见，以致大白先生底答覆，还不曾抓着痒处。

现在，我先简略地叙一叙陆氏底意见，再来看大白先生底答覆。

A、我们应该知道前人认《孔雀东南飞》是汉诗，是毫无根据的。他们大约误于序文"汉末建安中"一语，却不知这只能证明焦仲卿是汉末的人，他们夫妇殉情是汉末的事,但不能证明这长篇诗是汉末的作品。

B、序文中有一个很大的破绽。焦仲卿是"庐江府小吏",这是序文告诉我们的……建安时的庐江在哪里呢?据李兆洛、杨守敬们底考证,即在今江西北部及安徽西南部。但后来他们夫妇殉情后,"两家求合葬,合葬华山傍"。《尔雅》"华山为西岳",在陕西中部。请问:鄱阳湖边的焦仲卿夫妇为何不远千里而葬于西岳华山呢?这一点的确不通的。我们要解释这个不通,便要联想到清乐中二十五篇的《华山畿》。《华山畿》……是一件悲哀的故事,在五六世纪时是很普遍的,故发生了二十五篇的民歌。《华山畿》在当时也许变成殉情者底葬地底公名,故《孔雀东南飞》底作者叙述仲卿夫妇合葬时,便用了一个眼前的典故,遂使千余年后的读者索解无从。但这一点明明白白地指示我们说,《孔雀东南飞》是作于《华山畿》以后的。

C、什么是"青庐"?段成式《酉阳杂俎》卷一《礼异》云,"北朝婚礼,青布幔为屋,在门内外,谓之'青庐'"。又,《北史》卷八《齐本纪》二"御马则藉以毡䕞……将合牝牡,则设'青庐',具牢馔而亲观之"。便是《孔雀东南飞》非汉诗的铁证。

D、"龙子幡"也是南朝的风尚。《宋书·臧质传》,"世祖以质为都督……六平乘并施龙子幡"。宋代乐府《襄阳乐》,"四角龙子幡,环环江当柱"。随王与臧质时代相近,可见确系当时的风尚。

E、中国诗人不能了解叙事诗底性质,如苏轼便瞧不起《长恨歌》,怪他"费数百言而后成""寸步不移,犹恐失之"。以为劣于杜甫底《哀江头》。然而《佛本行经》及《佛所行赞》便是"寸步不移,犹恐失之"的长篇叙事诗。《孔雀东南飞》亦然,它描写衣饰及叙述谈话,都非常详尽,为古代诗歌里所没有的。

大白先生底答覆,只(二)中谓,"此诗前边的小序,首说'汉末建安中',末说,'时伤之,为诗云尔';如果以序为可信,那末,所谓'时伤之',当然是指建安时的人伤之了",是针对陆氏的"A";其余都很脆薄。如(三)谓:"社会礼俗,往往有很古的遗迹,流传至今,或各地同时保存,或仅仅保存于一隅的。青庐也许是汉代所有的婚礼中的一物,而北朝时还保存于北方。"这是靠不住的。要知东晋时北方的外族内侵,北方大族相率南迁,并且东晋贵族底保守性很强,要是"青庐"是汉末的礼俗,那末,应该保留在南方,决不会保留在北方。所以大白先生底否认,似乎难以成立。又如

（一）谓："五言诗虽然或许起于东汉之初，但到了汉末，已经渐盛，而向长的叙事的方面发展。如果说建安以前，没有较长的五言诗，而建安时突然有这长篇的创作，和文学变迁的史迹不合，那末六朝时也不曾找得出这样的第二篇长叙事诗来，说是六朝的也未免可疑。"这也似乎理由不充足。其实《孔雀东南飞》不但篇幅突长不合进化史迹，并且它底描写方法也和古代诗歌不相类。如"鸡鸣外欲曙，新妇起严妆"下十句，专描写兰芝底妆束，这是中国诗歌所没有的，这是中国诗人所讥为"寸步不移，犹恐失之"的。所以陆氏以为这是受《佛本行经》及《佛所行赞》底影响，我们决不能否认。

大白先生底解释"扶床"和"三二"，我也不敢赞同。一则大白先生解释韩愈《苗夫人墓志》"累累外孙，有携有婴。扶床坐膝，嬉戏谨争"，那段话太牵强。这个"婴"字，我看和"携"字一般，都是动词。"婴"是"婴"其后，"携"是左右相"携"，我们如何能决定"扶床"是指"携"，"坐膝"是指"婴"而言？即便承认"扶床是指携""坐膝是指婴"，也不见得是"从五六岁起到十岁左右的年龄"。二则"三二"与"二三"，在古人都不是指定实数，如"二三子"等，都是代表"许多"的意思，何必强以"二乘三为六"的话来弥缝呢？

至于大白先生用以证明此诗是汉末作品的证据，谓："此诗底用韵照现在看，可说是最杂乱了。但是汉代韵书未编，周秦时所仗着作同韵的识别的声母，又因为篆变为隶而形体混淆，不可识别了。所以汉代诗中的用韵，本来比较杂乱，上和周秦不同，下和六朝有别。同是杂乱，而平民作品比贵族作品，杂乱的程度更高。此诗是道地的平民作品，所以用韵最杂乱，所用多是那时候的方音。在杂乱之中，咱们可以看出一点，和汉代其余的平民作品如《陌上桑》《陇西行》之类相同的，就是尤侯韵和鱼模韵底杂协……这种用韵底杂乱，是有韵书的六朝时代所无的，即使在平民作品中。所以我以为在这一点上，可以看出此诗确是韵书未起的建安时代的作品。"大白先生用韵来解释时代，确是很好的方法，可惜他底话依然还有可以商榷的地方：

（甲）韵书虽产生在永明之际（四八三—四九三），但是它底权威并不曾完全树立。当时的人，如钟嵘（五一〇左右）辈都不赞成它，谓："文制本须讽读，不可蹇碍。但令清浊通流，口吻调利，斯为足矣。至平上去入，则余病未能。"可见六朝即有韵书，决不能说当代做诗的人，做诗都依韵书的。

（乙）南朝的文学和北朝的文学绝对不相同，南朝欢喜什么韵律，北朝人却看做一钱不值。李谔谓："竞骋文华，遂成风俗。江左齐梁，其弊弥甚。竞一韵之奇，争一字之巧。"可不是韵书已起，北朝用韵，还是不一？如何可以断定《孔雀东南飞》是韵书未起的建安时代的作品？

总之，《孔雀东南飞》底时代问题，是值得研究的。我对于这问题,在现在,是左袒陆侃如先生的。

一月十日。

(D)大白答覆曹聚仁

本刊第十五期,我底《〈孔雀东南飞〉底时代问题》一文发表以后,引起曹聚仁君底见质——谈《孔雀东南飞》,见一月十二日《民国日报·觉悟》——了。我对于曹君所说,还觉得不满意,所以再作此文。

陆侃如氏底《〈孔雀东南飞〉考证》,我不曾见过,所以前文只依马君所说作答;但这是很小的问题。现在且依曹君所引陆氏底话,除A外,对于B、C、D、E四点,再作一番辨解。

陆氏指序文中的"庐江府小吏",和诗中的"合葬华山傍",为很大的破绽,这一点我当初也颇怀疑。庐江底焦仲卿夫妇怎么会葬到陕西华山去呢?陆氏对于这一点,用《华山畿》来解释,以为《孔雀东南飞》底作者,把《华山畿》认为殉情者底葬地底公名,把它作为典故用。(一)他以《华山畿》为殉情者底葬地底公名,这话未免陷于想象的虚构。(二)他好像仍认《华山畿》底华山,是陕西底华山,这似乎未曾完全看清《古今乐录》所载关于《华山畿》的故事底原文。按：《古今乐录》说：

> 《华山畿》者，宋少帝时……南徐一士子，从华山畿往云阳，见客舍有女子，年十八九，悦之。无因，遂感心疾。母问其故，具以启母。母为至华山寻访，见女具说，闻感之。因脱蔽膝，令母密置其席下卧之，当已。少日，果差。忽举席，见蔽膝而抱持，遂吞食而死。气欲绝，谓母曰，"葬时，车载从华山度"！母从其意。比至女门，牛不肯前，打拍不动。女曰，"且①待须臾"！妆点沐浴，既而出，歌曰，"华山畿，君既为侬死，独活为谁施！欢若见怜时，棺木为侬开"！棺应声开，女透入棺。家人扣打，无如之何。乃合葬，呼曰神女冢。

查《宋书·州郡志》：

> 晋安帝义熙七年始分淮北为北徐，淮南犹为徐州……武帝永初二年，加徐州曰南徐，而淮北但曰徐。文帝元嘉八年，更以江北为南兖州，江南为南徐州，治京口，割扬州之晋陵，兖州之九郡侨在江

---

① 整理者按：原书为空白。

南者属焉。

又查此志于南徐州刺史晋陵太守所领六县中之曲阿令下说：

> 曲阿令，本名云阳，秦始皇改曰曲阿。吴嘉禾三年，复曰云阳。晋武帝太康二年，复曰曲阿。

按：这云阳，就是现在的丹阳县，清代属镇江府。镇江府东，有所谓华山，后人指为《华山畿》故事中的华山。是否确实，虽然无从考证，但南徐士子死后，用牛车载棺，从华山经过（度就是经过），那末，可见这华山也决不是在陕西的离南徐千里以外的华山。查现在安徽含山县北的褒禅山，也是一名华山。虽然这含山县底华山，未必就是《华山畿》故事中的华山，但可见华山并非陕西所独有，别的地方也是可以有华山的。别的地方既然也可以有华山，安知汉末庐江郡不会有所谓华山呢？我疑心《孔雀东南飞》中的华山，就是皖山。查汉末所置的庐江郡治，在现在安徽潜山县北面的皖城。《通志》说：

> 灊（同潜）山西北，一曰皖山，又曰天柱山。汉武帝南巡狩，礼灊之天柱山，以代南岳，故一称

> 霍岳，又谓之副南岳。六安霍邑在其北，安庆灊邑在其南，二邑皆以此山名，一灊一霍，实无二山也。周大夫皖伯封国，亦以此山名。

按：潜山县清代属安庆府，霍山县清代属六安州，两县相邻，就在皖水所从出的皖山底南北。古无皖字，只有睆字（《说文》只有睅字，大徐以皖为睅底重文）。《礼记·檀弓》"华而睆"，华和睆并举，两字底意义，大约相类。并且皖、霍、衡（霍山因为代南岳的缘故，也名衡山）、华，都是一声之转，所以汉末的庐江人，也许呼皖山为华山。焦仲卿夫妇，既是皖城人，合葬在皖山傍，是比较合理的事。也许原文本作皖山或霍山，而后来传写，讹为华山。这是对于陆氏 B 点的辨解。虽然华山是否就是皖山，不能确定，但陆氏以华山为陕西所专有的错误，是可以证明的。

关于青庐的问题，《酉阳杂俎》和《北齐书》底话，我都见过。曹君说："……东晋时北方外族内侵，北方大族相率南迁，并且东晋贵族底保守性很强。要是青庐是汉末的礼俗，那末，应该保留在南方，决不会保留在北方。"但是北方大族，也并非全部南迁，也有留在北方的，并且称为礼俗，当然遍行于全社会各阶级间，不必定要大族，才能保存。至于晋室东迁以后，一班流徙过来的中原民族，受了东南固有的旧民族礼俗底影响，起一种变化，把旧礼俗淘汰了，也并非不可能的事。只看南朝底贵族文学,受了《吴声歌曲》底影响,贵族们也常常仿效《吴歌》做诗,就是一个旁证。不过这是积极方面的变迁罢了。所以曹君底"东晋贵族底保守性很强"的话,未免虚构;而"决不会保留在北方"的话,未免武断。这是我对于曹君代陆氏C点作证的辨解。

宋时有龙子幡,绝不能证明汉末没有龙子幡,这话我前文已经说过。陆氏底D点,不过多引了一个《襄阳乐》中"四角龙子幡"底证据,还是无损于我底话,并且《襄阳乐》中的"四角龙子幡",安知不是引用《孔雀东南飞》的呢?

至于陆氏底E点,尤其不能认为满意。他说:"中国诗人不能了解叙事诗底性质,如苏轼便瞧不起《长恨歌》,怪他'费数百言而后成''寸步不移,犹恐失之';以为劣于杜甫底《哀江头》。然而《佛本行经》及《佛所行赞》,便是'寸步不移,犹恐失之'的长篇叙事诗。《孔雀东南飞》亦然。它描写衣饰及叙述谈话,都非常详尽,为古代诗歌里所没有的。"曹君并且代他作证说,"……它底描写方法,也和古代诗歌不相类。如'鸡鸣外欲曙,新妇起严妆'下十句,专描写兰芝底妆束,这是中国诗歌所没有的,这是中国诗人所讥为'寸步不移,犹恐失之'的"。这两段话中,包含着可惊的错误。(一)苏轼是中国诗人,但中国诗人不全是苏轼,怎能以苏轼概尽中国诗人呢?《孔雀东南飞》底作者不是中国诗人吗?白居易不是中国诗人吗?如果说《孔雀东南飞》底作者受了

《佛本行经》及《佛所行赞》底影响，所以了解了叙事诗底性质，才能作"寸步不移，犹恐失之"的叙事诗，难道究心内典的苏轼，反不会受它们底影响而了解叙事诗底性质吗？
（二）详尽地描写衣饰之类和叙述谈话，古代诗歌辞赋中未尝没有。《陌上桑》底描写罗敷，用：

青丝为笼系，桂枝为笼钩。头上倭堕髻，耳中明月珠。绿绮为下裾，紫绮为上襦。

六句；辛延年《羽林郎》底描写胡姬，用：

长裾连理带，广袖合欢襦。头上蓝田玉，耳后大秦珠。两鬟何窈窕，一世良所无。一鬟五百万，两鬟千万余。

八句；而《孔雀东南飞》描写兰芝，不过比《陌上桑》多了四句，比《羽林郎》多了两句。它们底句法，都颇有点相类；由六而八而十，正足见进步的痕迹。又如《毛诗·卫风·硕人》，描写庄姜，也用：

手如柔荑，肤如凝脂，领如蝤蛴，齿如瓠犀，螓首蛾眉，巧笑倩兮，美目盼兮。

七句;《鄘风·君子偕老》底描写不知名的卫夫人（有人说是宣姜），也用：

> 副笄六珈，委委佗佗，如山如河，象服是宜。
> 玼兮玼兮，其之翟也。鬒发如云，不屑髢也。玉之瑱也，象之揥也，扬且之皙也……
> 瑳兮瑳兮，其之展也。蒙彼绉绨，是绁袢也。子之清扬，扬且之颜也……

十七句；又如《楚辞·九歌·湘夫人》：

> 筑室兮水中，葺之兮荷盖。荪壁兮紫坛，播芳椒兮成堂。桂栋兮兰橑，辛夷楣兮药房。罔薜荔兮为帷，擗蕙櫋兮既张。白玉兮为镇，疏石兰兮为芳。芷葺兮荷屋，缭之兮杜衡。合百草兮实庭，建芳馨兮庑门。

用十四句来描写这座湘夫人底神宫；至于《招魂》《大招》，更是连章叠节地尽量描写宫室玩好、女色、音乐、歌舞、饮食之类；而汉代辞赋中的各种描写和叙述谈话，也是很详尽的。这些不都是"寸步不移，犹恐失之"的吗？就是汉代古乐府中，如《陌上桑》之类，何尝不是详尽地叙述谈话的呢？还有，繁钦《定情诗》"何以致拳拳？绾臂双金环"以下十一排二十二句，又是何等"寸步不移，犹恐失之"？怎么陆君会说"古代诗歌里所没有"，曹君更会说"中国诗歌所没有"呢？

三二和二三，作"二乘三等于六"解，虽然近于曲解，但这样解法，原也可通。至于韩文中的"携"和"婴"，既在同动词"有"字之下，决不能不认为名词，决不能把"婴"字作"婴其后"解。曹君如果承认扶床是指"携"，那末，可由长者提携的孩童，不是十岁左右而两手扶得着床面的吗？

至于曹君以韵书为产生于永明之际，已是失检；而引了钟嵘、李谔底两段话，来证明六朝时人底不依韵书，更是误解了原文了。韵书起于魏人李登底《声类》，晋人吕静底《韵集》，并非起于永明之际。不过李氏、吕氏，只分宫商角徵羽五类，而不曾有平上去入的四声之名。四声之名，大约起于永明时王融、谢朓、周颙、沈约之流。其实那时候平上去入的四种字调，在文人底口头上，笔底下，早经有了分别，不过没有定出平上去入的四种名词罢了。所以萧衍不解"何谓四声"，而周舍便随口答以萧衍所熟习它底字调的"天子圣哲"四字。沈约等定了四声之名，便把它来应用在诗文底句子当中，想创造一种新的律声，就是抑扬律。所以沈约在《宋书谢灵运传论》中说：

夫五色相宣，八音协调，由乎玄黄律吕，各适物宜。欲使宫羽相变，低昂舛节。若前有浮声，则后须切响；一简之内，音韵尽殊；两句之中，轻重悉异；妙达此旨，始可言文……自灵均以来，多历年代；虽文体稍精，而此秘未睹。

当时陆厥对他此论怀疑，写信给他说：

自魏文属论，深以清浊为言；刘桢奏书，大明体势之致……兴玄黄之律吕，比五色之相宣。苟此秘未睹，兹论为何所指耶？故愚谓前英已早识宫徵，但未屈曲指的，若今论所申。

可见沈约等所创造的，是把四声应用于诗文底句子当中，并非首创韵书。钟嵘《诗品》说：

王元长创其首，谢朓、沈约扬其波。三贤咸贵公子孙，幼有文辩。于是士流景慕，务为精密，襞襀细微，专相陵架，故使文多拘忌，伤其真美。余谓文制本须讽读，不可蹇碍。但令清浊通流，口吻调利，斯为足矣。至平上去入，则余病未能；蜂腰鹤膝,闾里已具。

这明明是反对他们在句子当中,讲究四声八病,以致发生拘忌,并非反对韵书。复次,北朝底平民文学,诚然和南朝底平民文学不同(这也只是内容方面);而北朝底贵族文学,却都模仿南朝贵族文学。正因为北朝贵族文学模仿南朝的缘故,所以西魏宇文泰和隋代杨坚,都曾做过一番文体底复古运动。李谔在隋代杨坚时,迎合杨坚复古的心理,上书请矫正文体轻薄的弊风。他说:

> ……后世风教渐落,魏之三祖,更尚文词。忽君人之大道,好雕虫之小艺。下之从上,有同影响;竞骋文华,遂成风俗。江左齐梁,其弊弥甚;贵贱贤愚,唯务吟咏。遂复遗理存异,寻虚逐微。竞一韵之奇,争一字之巧。连篇累牍,不出月露之形;积案盈箱,唯是风云之状。

试看这是反对用韵统一的话吗?这是说明南朝用韵统一而北朝用韵不统一的话吗?他所谓"竞一韵之奇",一韵是指五言诗两句,就是十字而言;即不然,一韵之奇,也是指用一个韵的新奇而言。如果指一韵为用韵统一,那末,"争一字之巧",不是应该说成争用字统一之巧吗?这段话如何可以引来证明北朝底用韵不统一呢？要知道隋代秦王俊曾经作过一部《韵纂》；陆法言底《切韵》，也产生于此时；隋代正为韵书发达时期，而且也是确定时期呢。何况即使北朝用韵不统一，和《孔雀东南飞》底用韵杂乱，有什么关系呢？难道《孔雀东南飞》竟是北朝底作品吗？难道甚至竟是隋代底作品吗？

一九二六年一月十二日，在江湾复旦大学。

此文写完以后，把原诗复诵一过，对于"共事二三年，始尔未为久"，得到一种新的解释，附述于下。

向来读这两句的，只注意于上一句，而且只注意于"二三年"三字，不曾注意到下一句。试问下一句"始尔未为久"作何解呢？"尔"字作何解呢？本诗用"尔"字的地方共有三处：其一就是此处；其二是"媒人下床去，诺诺复尔尔"；其三是"同是被逼迫，君尔妾亦然"。后面两个"尔"字，都是等于"然"字，就是等于"如是"二字。本来"尔"字底音，就是"如是"二字之合，而且和然字双声（古音"如"字、"然"字、"尔"字都属泥纽）相转，所以意义也等于"如是"二字，等于"然"字。又，"久"字和"迟"字，可以互训，所以"久"字等于"迟"字。因此，这"始尔未为久"底意思，就是"始然未为久"底意思，就是"始如是未为迟"底意思。译作现代白话说，就是"才得这样不算迟"。再和上句合起来讲，可以解作"再共事两三年，才得这样也不算迟"。这是仲卿向母亲给兰芝求情，希望她再留兰芝两三年以观后效的话；所以下面接着"女行无偏斜，何意致不厚"，是说"现在兰芝行为并无偏斜，什么意思而致你不厚爱她呢"？这话正和下文仲卿母亲"便可速遣之，遣之慎莫留"相呼应。我觉得这样解释，"尔"字才有着落；而"二三年"指未来，不指过去，和"始扶床"和"如我长"便无妨碍了。不然，"始尔"两字，怎么解呢？

一九二六年一月十三日，大白。

（三）《万古愁》底作者问题（1）
——王思任乎？归庄乎？——

《万古愁曲》，从前我曾经看到过三种本子：第一种是钞本；第二种是昆山徐崇恩氏校定，中华书局印行的《归玄恭遗著》本；第三种是昆山赵诒琛氏校定，又满楼印行的校正《万古愁》本。钞本题为《击筑余音》，不署作者姓名，首尾有起结两诗，各支之首，无曲牌名；徐本题为《万古愁》，无起结两诗，也无曲牌名；赵本题为《万古愁》，原名《击筑余音》，有起结两诗，有曲牌名。三本词句，互有不同，分明是因传写而讹错的。

近来马彦祥君以他从北京旧书肆中所得钞本的《劳久杂记》相示，其中第三卷钞有此曲，题为《击筑余音真本》，即《万古愁曲》；各支之首，有曲牌名。而词句和前三本不很同，曲牌也和赵本略有不同。曲底后面，有跋语一段说：

右《击筑余音》，王思任作也。首尾有两绝句（见第二卷第二页）而它本无之；且名《万古愁曲》，云系归玄恭所作：二说颇难臆断。要之明季遗老，痛国亡而作此曲。作者既不愿明书其姓氏，后人仅识其词，亦何不可！隅卿注。

又，同书第二卷《王季重》一则说：

明末王季重先生，名思任（号遂东，又号谑庵），一号筑夫，山阴人，万历乙未进士。官兴平、当涂、青浦三县令，有循声。崇祯初，升礼部右侍郎，翰林院侍读学士。鲁王监国，起为詹事，兼礼部右侍郎（乙酉六月，任礼部尚书）。江上义兵既溃，鲁王航海，先生亦归隐，架一庐于墓田，扁曰孤竹庵，自号采薇子。著《击筑余音》，集古来兴亡事迹，仿弹词体，每事为一出。其开首一绝云："谱得新词叹古今，悲歌击筑动余（按：此字钞本作知，赵本作哀）音。莫嫌变徵声凄咽（按：此字钞本作切），要识孤臣一片心。"结尾一绝云："世事浮云变古今，当筵慷慨奏商（按：此字钞本、赵本都作清）音。宫槐叶落（按：赵本作落叶）秋风起（按：此字钞本作冷），凝碧池头识（按：此字钞本、赵本都作共）此心。"书既成，先生绝粒七日而死。其生平性疏放，酷好弈，避兵时犹负一枰自随。其诗好作奇语，尝有句云："地嫩无文草，天愚多暗云。"诗集多类此。丙戌九月二十二日先生死，年七十二岁。

书中另黏一签，签上说：

《击筑余音》乃陶氏钞本，尚有顾氏藏本，陈氏刊本，秦氏钞本，名《万古愁曲》，首尾无诗，相传为归玄恭撰（按：归名庄，明亡，更名祚明；乙酉，亡命为僧，号普明头陀；与亭林善，有归奇顾怪之目）。

按：全祖望《鲒埼亭集外编》卷三十一有《题归恒轩万古愁曲子》一段说：

世传《万古愁曲子》，瑰瓖态肆，于古之圣贤君相，无不诋诃，而独痛哭流涕于桑海之际。盖《离骚》《天问》一种手笔，但不能定其为何人所作。近人或以为谑翁（按：即指王思任），或以为道隐，或以为石霞，皆鲜证据。惟魏勺庭征君，及其事于《恒轩寿序》(恒轩即归玄恭之号)，予始取而跋之。沈绎堂詹事谓："世祖章皇帝（爱新觉罗福临）尝见此曲，大加称赏，命乐工每膳歌以侑食。"古之遗民野老，记甲子，哭庚申，大都潜伏于残山剩水之间。未闻有得播兴朝之钟吕者，是又一异事也。

又按：魏禧《魏叔子文集》卷十一有《归玄恭六十序》一文说：

吾年三十时，闻归震川先生有曾孙庄，抱高节，负才使气，善骂人。既有传长歌至山中者，凡三千余言，上溯鸿蒙，下及季世，驱使神仙鬼怪之物，呵帝王，笞卿相，践藉古之文人，恣睢佯狂，若屈平、李白沉冤醉愤无聊之语。客曰："此归玄恭庄所作。"予惊怖其人，疑不可近！

据全氏、魏氏二人所说，此曲决为归玄恭所作，而非王思任底作品，绝无可疑。因为全氏之说，根据魏氏底寿序；而魏氏和归氏同时，并且所作系归氏寿序，决无附会的虚说。当时归氏接受这篇寿序，又不曾有所声辩；可见此曲作者是归非王，已得确证。再看曲中只说到弘光亡国为止，不曾提及鲁王监国一字；后幅只预备访道参禅，和渔樵作伴，绝不提及预备绝粒而死，也和归氏后来的生活状况相符，而和王氏底曾事鲁王，殉节而死的事迹不合。记得二十年前，每逢清明时节，去上我底曾祖母底坟，离坟（坟在前会稽县西裘村山上，离我家约六七里）不远，路上一定要经过一个小池，池旁竖一石碑，上面刻着"王遂东先生殉节处"。那时我底父亲告诉我说："王思任先生就是投在此池中殉节而死。"可见《劳久杂记》中"绝粒七日而死"的话，也是靠不住的了。这事和本题无关，不过附记于此，以见这段传说之不可靠。

现在把赵本和劳久本底曲牌名，列表对照，以见它们底异同。

赵本曲牌名	劳久本曲牌名
（一）《曼声引》	（一）《曼声引》
（二）《入拍》	（二）《入拍》
（三）《放拍》	（三）《放拍》
（四）《前调换拍》	（四）《初拍》
（五）《合拍》	（五）《大拍》
（六）《变拍》	（六）《叠声奏》

（七）《凯声奏》	（七）《叠声奏》
（八）《钧天奏》	（八）《钧天奏》
（九）《重调》	（九）（缺此一支）
（十）《重调》	（十）《飞龙索》
（十一）《龙吟尾》	（十一）《龙尾吟》
（十二）《蛟龙泣》	（十二）《蛟龙泣》
（十三）《龙吟怨》	（十三）《龙吟怨》
（十四）《风雨大江清》	（十四）《大江涛》
（十五）《变调》	（十五）（缺此一支）
（十六）《前调》	（十六）（缺此一支）
（十七）《前调》	（十七）（缺此一支）
（十八）《归山早》	（十八）《归山早》
（十九）《鲛人珠》	（十九）（与前曲相连，合作一支）
（二十）《大拍遍》	（二十）《大拍遍》

即此可见劳久本是不完全的，哪里可以称为真本！大约此曲经过种种传钞，讹误已经不少；而当进呈于清帝福临的时候，又将触犯满洲人忌讳的几章删去了。所以徐本和劳久本，都不是完璧；而钞本和赵本，是比较完全的。有暇的时候，颇想把我所见的四本，一齐加以标点，钞出印行，以供参阅。

四本中的末句底异同，颇可研究，现在先提出如下：

呸呸呸！俺老先生只是摆手摇头，再不来了！——（钞本）

呸呸呸！我朱先生摆尾摇头，再不来了！——（徐本）

呸呸呸！俺朱先生摆尾摇头，再不来了！——（赵本）

放我先生摆手摇头，不再来了！（劳久本）

归氏既不姓朱，为什么自称朱先生？所以徐、赵两本，都是错的。大约以钞本底"老"字为最不错。从"老"字错成"朱"字，因为字形底相类，是很可能的。日本人铃木虎雄，有此曲节译本，它底末句，也正作"我老先生……"；虽然不知道他所据何本，但也足为旁证。

（四）《万古愁》底作者问题（2）
——熊开元乎？归庄乎？——

在本周报 209 上，我曾经发表过一篇《〈万古愁〉底作者问题》，辨明《万古愁》底作者，是归庄而不是王思任。但是隔不多时，又发生问题了。沔阳人卢靖、卢弼，于甲子 1924 年据旧钞本校印的《击筑余音》，署明熊开元檗庵著；前附《熊开元小传》一篇，后有黄岗刘绍炎《跋》和沔阳卢弼《跋》各一篇。于是又发见了一个熊氏，来和归氏争著作权了。刘《跋》说：

> 余家所藏熊檗庵《击筑余音》旧钞秘本，沔阳卢氏既跋而刊之矣。按：全谢山题归恒轩《万古愁曲子》，以此词为归作；其所据者为魏勺庭征君《恒轩寿序》，然检阅《叔子文集》，所作《归元公六十序》文，只言有长歌，并无一字及《击筑余音》，长歌与词曲，截（原文作绝）然两事，二者不能混为一谈。况谢山亦言"不能定其为何人所作；近人或以为谑翁，或以为道隐，或以为石霞，皆鲜证据"；是谢山当时已有疑信参半之词，更不能据谢山游移影响之语以为定论，余家所藏秘册，为二百年前旧钞；卢君慎之取与它钞本互较，不谋而合；断为先生所作，自无疑义可言……

卢《跋》说：

> 右《击筑余音》一卷，明嘉鱼熊鱼山先生撰。余所见有二本：一为江安傅氏所藏樊樊山先生校定本；一为黄冈刘氏秘藏本。开卷第二行署明熊开元

檗庵著，则两本相同。近人叶氏（按：即叶德辉）所刻《万古愁曲》，署归庄名，与此略有异同。唯两钞本均署熊名，且附有《小传》，其为熊作无疑，证一。先生为僧，玄恭不为僧，篇中末二阕不啻先生自述身世，暨为僧后参禅悟道之语，其为熊作无疑，证二。《明史本传》载先生弃家为僧，隐于苏州之灵岩以终；钞本《小传》，"卒于花山，葬徽州黄山之丞相原"，与毛西河所撰《新建黄山云谷寺檗庵和尚塔院碑记》相符，其为熊作无疑，证三。当时此本流传，人争钞写，归氏录副，自在意中。叶刻本全篇连贯，讹夺极多；漏脱一阕，决非完本。此本首尾具备，分为廿阕；前后缀有诗词，尤为难得……

据他们俩这样一吹一唱的说法，好像真是"其为熊作无疑"了，但是可惜他们所举的证据，差不多都是笑话。刘《跋》说"长歌与词曲，截然两事，二者不能混为一谈"，这是略有常识的人，很容易知道他是笑话的。他又指全氏"不能定其为何人所作；近人或以为谑翁，或以为道隐，或以为石霞，皆鲜证据"的话，为疑信参半之词，游移影响之语，不能据为定论。不知全氏此语，正以衬出下文定为归氏所作，是有魏氏《恒轩寿序》作证据的，刘氏简直连文义也不懂了。卢《跋》所举三证，也都无价值。"两钞本均署熊名"，便说"其为熊作无疑",那末,好几种钞本、刊本,都署归名,咱们不是也可说"其为归作无疑"吗?《小传》中并不曾说熊氏曾作《万古愁》,当时有此传说,钞者便把《小传》钞附上去,也是不足为证的。熊氏为僧,归氏也曾为僧(号普明头陀),怎能说玄恭不为僧?篇中十八阕末三句,不过说"向长林丰草,山坳水峤,一曲伴渔樵",不曾说做和尚。十九阕中"老衲子""野道士""村农夫""小乞儿"平列,如果说这就是做和尚的证据,那末,也可说他曾做道士、农夫和乞儿了。二十阕底"听钟敲磬敲,卧僧寮佛寮",不过和上下文底"傍山腰水腰,望云涛海涛,倚梅梢柳梢""任日高月高",随便排比着协韵而已,也不能指为做和尚的证据。结处不过说不再想做官,不曾说做和尚;而且自称"老先生",不称老和尚,更是和做和尚的问题无关。说什么"篇中末二阕不啻先生自述身世暨为僧后参禅悟道之语",真是"白日见鬼"!至于第三证,不过证明《小传》中所说熊氏弃家为僧罢了,和曲文有什么关系?

现在再就熊氏《小传》看,其中不曾说熊氏曾作《万古愁》,却有《万古愁》不是熊氏所作的反证。《小传》说:

熊开元,字鱼山,湖北嘉鱼人,天启乙丑进士,除崇明知县。后闽中唐王立,累迁至东阁大学士,兼行左右副都御史,权理院事;寻以钱邦芑事,称

>疾引去。汀州破,弃家为僧……

熊氏既然曾经在闽中做到东阁大学士,兼行左右副都御史,权理院事,那末,和唐王底关系很深,曲中似乎应该说到唐王底事。但是现在曲中只说福王而不及唐王,和熊氏底身世不合,而却和归氏住在江南,目睹福王灭亡的身世相合。十九阕中吊先皇,奠东宫,叫死忠死节的先生们,而不吊唐王,如果是熊氏所作,不是不可解的吗?所以据此而说"其为熊作无疑",只有反显出矛盾来罢了。

然而竟认此曲为归氏所作,却也还有疑问。魏氏《归玄恭六十序》说:

>……有传长歌至山中者,凡三千余言。上溯鸿蒙,下及季世,驱使神仙鬼怪之物,呵帝王,笞卿相,践藉古之文人,恣睢佯狂,若屈平李白沉冤醉愤无聊之语。客曰:"此归玄恭庄所作。"……

其中有两个可疑之点。(1)此曲字数,只有二千一百九十字(据卢刊本),和三千余言,相差至一千字左右。(2)所谓"上溯鸿蒙,下及季世""呵帝主,笞卿相,践藉古之文人",都是和此曲相合的;但是所谓"驱使神仙鬼怪之物",却在此曲中找不出来。咱们要解释这两个疑点,或许可以作下述的两种假设。(1)魏《序》中三字也许是二字之错,也许三千是约计不精确之数,而所谓"驱使神仙鬼怪之物",只是一句随便连类而及的空话。(2)现传的《万古愁》各种本子,都是不全的。当时原本有三千余言,而中有"驱使神仙鬼怪之物"的话,曾经为魏氏所见,而现在被亡失了。第二个假设,从现存各本阕数互有多少这一点上类推,或许是可能的;而"驱使神仙鬼怪之物"的话,也许在现存的十七阕以后,十八阕以前,或在十九阕以后,二十阕以前——因为十七阕以上都是语意相衔,而这两处颇可插入数阕。但是在不曾发现三千余言本的时候,现在无从证明这个假设是对的。

不过,从别一方面,也可以找到证明此曲是归氏所作的证据。《归玄恭遗著》中有《古意》十二首,其中第二首很和此曲十五阕、十六阕和十七阕相类。

> 王濬扬楼船,降帆出石头。韩擒济横江,悲哉景阳楼!金陵形胜地,败亡良有由。日夕游醉乡,兼复恋温柔。两主同一辙,宗社为荒丘。麋鹿上苏台,牧马骋长洲:往事伤我心,涕泪空横流!
>
> ——《古意》第二首

试把它和卢刊本十五阕、十六阕和十七阕对照:

金陵福王兴，江南彗星照。夸定册，推翼戴，铁券儿晃耀。招狐群，树狗党，蝉蛄般嘹噪。那掌大的两淮，供不得群狼抄。便半壁的江南，也下不得诸公钓。反让那晋刘渊，做了哭义帝的汉高皇，军容素缟。可怜那猛将军，做了绝救兵的李都尉，辫发胡帽。兀的不闷杀人也么哥，兀的不痛杀人也么哥，尚欲贪天功，向秦淮渡口把威权召！

——《万古愁》十五阕

胡哄哄闹一回，痴迷迷涸几朝。献不迭歌喉舞腰，选不迭花容月貌。终日里醉酕醄，烧刀御量千钟少。更传闻圣躬坚巨胜敖曹，却亏了蟾酥秘药方儿妙。没来由，羽书未达甘泉报，翠华先上了潼关道。一霎时，南人胆摇，北人气骄，长江水臊，钟山气消，已不是大明年号！

——《万古愁》十六阕

宫庭瓦砾抛，陵寝松楸倒。但听得忽喇喇一天胡哨，车儿上满载着琼瑶，马儿上斜搂着妖娆，打量（按：当作粮）处处把脾儿燥。急得那些斫不尽的蛮子，都一样金钱鼠绦，红缨狗帽，恨不得向大鼻子把都们便做亲爹叫！

——《万古愁》十七阕

不是很相类的吗？如"日夕游醉乡，兼复恋温柔"，不是和十六阕底"献不迭歌喉舞腰，选不迭花容月貌。终日里醉酕醄，烧刀御量千钟少。更传闻圣躬坚巨胜敖曹，却亏了蟾酥秘药方儿妙"，都是同样地骂福王的话吗？因此，咱们与其认为熊作，不如认为归作。

或者说，"《归玄恭遗著》中，有《与檗庵禅师》一篇，其中说：

> ……学贵能行，不必务博。无论异教绝不入目，即诸儒之中，亦有所择。以故所读之书甚少，所守之说甚约。惟以孔孟为师，而以程朱为入门之路。自信所守不误，但学力未到耳。在山中时，言论不合，实为儒释分途。某非不虚心，敢以浅学迂儒，与名德巨公相抗，盖生平笃信一家之学，守之固而不可夺也……

他既笃守孔孟之学，怎地在《万古愁》第六阕，把老尼山和老峄山笑怪起来呢？可见《万古愁》未必是他所作了"。然而《万古愁》中笑怪老尼山和老峄山，是当时国变以后的愤激之谈，就是全氏所谓"《离骚》《天问》一种手笔"，魏氏所谓"恣睢佯狂，若屈平李白沉冤醉愤无聊之语"。试看屈平底思想是忠君爱国的思想，但是在《天问》中便有"登立为帝，孰道尚之"的怀疑君主来路的话。所以《万古愁》中笑怪老尼山和老峄山，和《与檗庵禅师》篇中的笃守孔孟之学，虽然似乎思想矛盾，但是也可说前者是变态，后者是常态。况且《万古愁》虽然不能确定它著作的年月，但大约可以确定是正当福王灭亡之后的作品。那时归氏不过三十三四岁；而《与檗庵禅师》一篇，是归氏五十四岁时和檗庵相见于华山（在苏州府西三十里）以后所作。篇中前面说：

> 某才庸质钝，读书且三十年，而学不成者有故，志愿太奢而工夫失序也。尝以为立德立功立言，此三不朽者，皆吾分内事，安在不可兼能？此志愿太奢也。立德者本也，由是而措之为经济，由是而发之为文章，非逐项事。乃不知专务其本，而反敝精神于二十年中。以十分计之，大约工夫费于诗古文者十之五，费于时务书者十之三，究心理学，却只得二分，所谓工夫失序也。两年来始大悔其误，已将昔年所著诗文庋置，遂以雕虫之技为戒，经世之具，略窥一二，亦姑置之，而专力于理学……

那末，他底专力于理学，是五十二岁以后的事情，在三十三四岁时未必如此，可以想见。当时既然不曾专力于理学，而又加以亡国的悲愤，于是有所激而出此，也是很可能的。

考归氏曾于六十岁时和魏禧相见,并且有诗赠给魏禧,所以魏氏也赠他以序。归氏接受了他底赠序,于他序中所说:

……有传长歌至山中者,凡三千余言……

的话,不曾否认(如果归氏否认,魏氏必须改正了)。可见《万古愁》实为归氏所作无疑。不过此曲因为经过很多次的传写和背钞,又加以回避忌讳的删节改窜,所以讹缺极多,咱们现在还无从找到三千余言的完本罢了。

卢刊本曲牌名,又和赵本和劳久本有不同处,现在再把它们列表对照如下。

赵本曲牌名	劳久本曲牌名	卢本曲牌名
(一)《曼声引》	(一)《曼声引》	(一)《曼声引》
(二)《入拍》	(二)《入拍》	(二)《入拍》
(三)《放拍》	(三)《放拍》	(三)《放拍》
(四)《前调换拍》	(四)《初拍》	(四)(无调名)
(五)《合拍》	(五)《大拍》	(五)《大拍》
(六)《变拍》	(六)《叠声奏》	(六)《变拍》
(七)《凯声奏》	(七)《叠声奏》	(七)《叠声奏》
(八)《钧天奏》	(八)《钧天奏》	(八)《钧天奏》

（九）《重调》	（九）（缺此一支）	（九）（无调名）
（十）《重调》	（十）《飞龙索》	（十）《飞龙乐》
（十一）《龙吟尾》	（十一）《龙尾吟》	（十一）《龙飞吟》
（十二）《蛟龙泣》	（十二）《蛟龙泣》	（十二）《蛟龙泣》
（十三）《龙吟怨》	（十三）《龙吟怨》	（十三）《龙吟怨》
（十四）《风雨大江清》	（十四）《大江涛》	（十四）《风雨大江涛》
（十五）《变调》	（十五）（缺此一支）	（十五）（无调名）
（十六）《前调》	（十六）（缺此一支）	（十六）（无调名）
（十七）《前调》	（十七）（缺此一支）	（十七）（无调名）
（十八）《归山早》	（十八）《归山早》	（十八）《归山早》
（十九）《鲛人珠》	（十九）（与前支相连）	（十九）《鲛人珠》
（二十）《大拍遍》	（二十）《大拍遍》	（二十）《大拍遍》

从此表中，可以看出卢刊本中无调名的五阕，除第四阕外，其余都是劳久本所缺的。所以咱们可以推想，卢刊本也许并非什么二百年前的秘本，其中无调名的（九）（十五）（十六）（十七）四阕，是从不注调名的本子上钞补而来的。

（五）《毛诗·邶风·静女》底讨论

（A）瞎子断匾的一例——《静女》

顾颉刚

崔述在《考信录提要》中曾经举了一个老笑话来说明他所以要做考信的工作的缘故。原文道：

> 有二人皆患近视而各矜其目力不相下。适村中富人将以明日悬匾于门，乃约于次日同至其门，读匾上字以验之。然皆自恐弗见，甲先于暮夜使人刺得其字，乙并刺得其旁小字。暨至门，甲先以手指门上曰，"大字某某"。乙亦用手指上曰，"小字某某"。甲不信乙之能见小字也，延主人出，指而问之曰，"所言字误否"？主人曰，"误则不误，但匾尚未悬，门上虚无物，不知两君所指者何也"？嗟乎，数尺之匾，有无不能知也，况于数分之字，安能知之！闻人言为云云而遂云云，乃其所以为大误也。《史记·乐毅传》云，"毅留徇齐五岁，下齐七十余城，唯独莒即墨未服"，是毅自燕王归国以后，日攻齐城，积渐克之，五载之中，共下七十余城，唯此两城尚未下也。此本常事，无足异者；而夏侯太初

> 乃谓毅下七十余城之后，辍兵五年不攻，欲以仁义服之，以此为毅之贤。苏子瞻则又谓毅不当以仁义服齐，辍兵五年不攻，以致前功尽弃，以此为毅之罪。至方正学则又以二子所论皆非是，毅初未曾欲以仁义服齐，乃下七十余城之后，恃胜而骄，是以顿兵两城之下，五年而不拔耳。凡其所论，皆似有理，然而毅初无此事也。是何异门上并无一物，而指之曰"大字某某，小字某某"者哉！大抵文人学士多好议论古人得失，而不考其事之虚实。余独谓虚实明而后得失或可不爽。故今为《考信录》，专以辨其虚实为先务，而论得失者次之，亦正本清源之意也。

他这一番话确是很有趣，可惜这个譬喻还未能密合他所要证明的事实。两个近视眼固然空指着没有上匾的门楣，但他们毕竟是请人先去刺探过的，所指的地位也没有错，只要匾挂上去时，他们所说的话原是很正确的。至于夏侯太初们批评乐毅的话，简直是逗臆的瞎说。他们并未请人刺探过，也未指准上匾的门，只以为我的想像如此，事实便非如此不可。这比了近视眼的笑话还要胡闹，要把这种情形加上一个题目，可以叫作"瞎子断匾"（断读如包公断案之断）。

这种的例非常多，我现在试举一个。

《诗经·邶风》中有一首诗,唤做《静女》,很明白的是一首情诗。他的原文是:

> 静女其姝,俟我于城隅。
> 爱而不见,搔首踟蹰。
>
> 静女其娈,贻我彤管。
> 彤管有炜,说怿女美。
>
> 自牧归荑,洵美且异!
> 匪女之为美,美人之贻!

这几句诗并不算得古奥,所难懂的,只是"彤管"和"荑"两件东西。因为这是古人日用的东西,时代变了,不容易明白它们的用处了。我们现在可以加上说明的,彤是丹漆,所以《左传》上有"彤弓一,彤矢百"的话,而宋城者讥笑华元的弃甲,亦曰"丹漆若何"。弓矢甲都用丹漆,可见"彤"并不是很贵重的漆色。"牧"是郊野,从郊野里拿来的荑,是一种植物。《硕人》诗中有"手如柔荑"的话,可见荑是柔软可爱的。这个静女把丹漆的管子送给所爱,又把柔软的荑送与他,原是一件很寻常的事。

如果看了以上的话还不十分明了这诗的意义,我再把它试译成白话（惭愧我没有诗才，不能译得像一首诗）：

> 幽静的女子美好呵，她在城角里等候着我。
> 我爱她，但见不到（或寻不见）她，使得我搔着头，好没主意。

> 幽静的女子柔婉呵，她送给我朱漆的管子。
> 这个朱漆的管子好光亮，我真是欢喜你（指管）的美丽。

> 从野里带回来的荑草，实在的好看而且特别。
> 但这原不是你（指荑）的好呵，好只好在是美人送给我的。

这种的翻译固然是徒劳无功，但究竟还算得文从字顺。我说出这一句话来，并不是要自夸，实在二千多年中的经学家太可怜了！

汉朝的经师不知道为什么会得这样的异想天开！《毛诗故训传》对于这诗下的注解道：

> "静"，贞静也。女德贞静而有法度，乃可说也。"姝"，美色也。"俟"，待也。"城隅"，以示高而不

可逾。"爱而不见,搔首踟蹰",言志往而行止。"静女其娈,贻我彤管",言既有静德,又有美色,又能遗我以古人之法,可以配人君也。古时后夫人必有女史彤管之法。史不记过,其罪杀之。后妃群妾以礼御于君所,女史书其日月,授之以环,以进退之。生子、月辰,则以金环退之。当御者,以银环进之,着于左手;既御,着于右手。事无大小,记以成法。"炜",赤貌。"彤管",以赤心正人也。"牧",田官也。"荑",茅之始生也。本之于荑,取其有始有终。"匪女之为美,美人之贻",言非为徒说美色而已,美其人能遗我法则(依段玉裁《毛诗故训传》定本)。

讲得巧呵,讲得妙呵,一首儿女的情诗竟讲到宫庭的仪式、古人的法度上去了!

我若是依了他的说话来翻译这诗,便成了下列的数行:

贞静而有法度的女子这等美色,她等候我在高而不可逾的城隅。

我爱她,我想去看她,但是我的脚步却停住了,这使得我搔首踟蹰呢。

贞静而有法度的女子这等美色，她送给我赤心正人的女史的彤管，这是可以匹配人君的古人的法度（古时宫中有女史，她是管着后妃群妾在君王那边住宿的事的。她把银环套在那些后妃群妾的左手上，她们便可住到君王那边去，由她记着日子；住过了，便把银环改套在右手。她们有了孕了，就换套金环。这唤做女史彤管之法。无论什么事，她都应依了老例写。倘是她失职，她就犯了死罪）。

彤管的颜色很红……（"说怿女美"句他没有释）。

从田官那里拿来的始生的荑，是取它的有始有终……

我不是单欢喜你的美色呵，实在是欢喜那人送给我的古人的法则。

我翻译完了之后，自己看着也是莫名其妙。这位女子既然有贞静之德与古人之法度，为什么要去"思凡"呢？（或许我误解了，《毛传》既没有说明所等待的是男子，哪知道不是她的同性？只因他也没有说明是同性，所以我仍作男子解。）她等待男子也罢，为什么偏要等待在高而不可逾的地方呢？诗中的"我"，他既经爱而"志往"了，为什么又要"行止"呢？行止，既经冤了这位静女的等待，那你自己也不必怨得搔首踟蹰了。女史的彤管，匹配人君的古人的法度，送给所等待的男子作什么用呢？难道是教他看看样子，也记着"进御"和"月辰"的日子吗？始生的荑，如何又成了有始有终的象征呢？这种问题，使得我奇怪，使得我疑惑。

这是西汉时的说法。到了东汉之初，有一位卫宏出来做《毛诗序》。他是把"正""变"来分别诗篇的，正的必好，变的必坏。《邶风》是派在"变风"中的，所以他认定这是生活于恶君主下的人民的呼声。他做《静女》的序道：

《静女》，刺时也。卫君无道，夫人无德。

这更使人摸不着头路了。一首情诗，它若好得成为匹配人君的法则固然可怪，但也何至于成为君夫人的无道无德的刺诗呢？

东汉末年出了一位郑玄，他是解经最有名的，一千七百年来的读经的人们谁不崇拜他。从前有一句学术界的谚语，叫做"宁定周孔误，讳说服郑非"。这就是说批评周公与孔子还不要紧，但服虔与郑玄是决不能错的。我们只要看经师的别号，不是郑斋，便是郑盦，再不然便是师郑，就可见他的偶像是怎样伟大了。他做《毛诗笺》时，先替卫宏的序加上注解道：

> 以君及夫人无道德，故陈静女遗我以彤管之法。德如是，可以易之为人君之配。

这就是说，卫国的诗人忧心国家，要这位无道的君主回心转意，所以陈说了静女的许多好处，盼望他寻得了她，换去了原来的无德的夫人。倘使这一天，这位静女可以用了她的擅长的彤管之法来辅佐卫君，这位无道之君岂不就变成了有道的吗（以上的话都本于唐孔颖达《毛诗疏》的《释笺》的话，不是我的深文周纳）？

他又为《毛传》作《笺》道：

> 女德"贞静"，然后可畜；"美色"，然后可安；又能服从，待礼而动，自防如"城隅"，故可爱也。"志往"，谓踟蹰。"行止"，谓爱之而不往见。"彤管"，笔赤管也。"说怿"，当作说释。赤管炜炜然，女史以之说释妃妾之德，美之。"洵"，信也。"茅"，洁白之物也。自牧田归荑，其信美而异者可以共祭祀，犹贞女在窈窕之处，媒氏达之，可以配人君。"遗我"者，遗我以贤妃也。

照他这样说法，这首白话诗又得改过了：

静德和美色兼备的女子，她正等候着媒妁聘好之礼而后行动，她自己防守像城隅一般的高峻。

　　我虽是心中想去，以至于搔首踟蹰；但我爱她这样可爱的自防，我终究不去。

　　静德和美色兼备的女子，她送给我女史用的笔赤管。这个赤管光彩很好，它给女史用了登记妃妾们进御退御的日月，又做了书说来解释它，可以成就妃妾们的美德（此句兼用《疏》说）。

　　从牧田里带回来的洁白的茅荑，其中特别美好的可以供祭祀的用处（这仿佛贞女在深邃之处，只要媒人能够把她表显出来，她就可以做人君的匹配）。

　　咦，我哪里是称赞这个女子呢，我只称赞这个把贤妃送给我的人！

啊哟哟，我写到末句才知道，原来这首诗是人君自己做的（或者诗人代人君立言的）。他本来希望别人送给他一个贤妃，所以开出的条件：（1）要自防如城隅的贞女，（2）要等着媒妁聘好之礼而后行的贤女。这首诗乃是人君的《凤求凰》曲呢。

写到这里，我实在没有勇气再写下去了。可怜，可怜，我们有了理性，只是不能对着他们用！

我熬不住有一句话要正告读者们：我们现在抨击汉代的经学，并不是要自命不凡，标新立异，也不是为时势所趋，"疑经蔑古，即成通人"；实因我们有眼睛而他们没有眼睛，我们有理性而他们没有理性，所以他们可以盲目盲心地随意乱断，而我们不能如此。

但是，我们是宅心平恕的，我们不愿意尽量地责斥他们，我们深知道他们所处的时代是"通经致用"的时代，是"以《三百篇》当谏书"的时代，所以他们的说诗宗旨总要委曲宛转地说到君主的身上，所以有了"彤管"就是女史，有了"静女"就是贤妃，有了"城隅"就是自防，有了"牧养"就是祭祀。他们说经的大目的，只是给君主们以警诫劝导。我们现在骂他们穿凿附会，他们九泉有知，亦当首肯，然而这原是他们的苦心呵！

但是我们虽可原谅汉代的经师，却不能原谅汉代以后的经师。汉代以后，时势变了，学问不专为君主致用了，这个附会的桎梏，是可以自己除去了。拨清前人的曲解，回复经书的真面目，乃是当然应有的事情。欧阳修、郑樵、朱熹们起来改变旧说，原是他们的理性逼迫着他们担负的责任。然而八百年来，他们的理性依然受着汉人曲说的压抑，在学术界中永远站在下风的地位。这实在是很使人抱不平的。即如

"彤管"一名,朱熹在《诗集传》中说:"未详何物,盖相赠以结殷勤之意耳。"原是极谨慎确当的说法。但是当时陈傅良就用《毛诗》义的大帽子来压他道:"以千七百年女史之彤管为淫奔之具,窃有所未安。"这句话一向为经学家所乐道,直到前数年章太炎先生在上海演说时还引用(见《国学概论》)。这种事看来似小,其实关系却大。因为这是把信古的成见压服自己的固有的理性。有了这种成见,古代学术界的毒焰便永远留存,纯粹的科学研究是提倡不起来的了。

十五,二,十一。

(B)关于《瞎子断匾的一例——〈静女〉》的异议

大白

颉刚先生:

从《现代评论》六十三期上,看到你底《瞎子断匾的一例——〈静女〉》,我对于你攻击经师们底异想天开,完全同意。但是我对于你底解释"彤管"和"荑",却有一点不以为然。我以为与其把"彤管"和"荑"解成两物,不如把它们解成一物。你把"彤"字说成丹漆,还难免拘泥于古训。我以为"彤"就是红色,"彤管"就是一个红色的管子。

这个红色的管子,就是第三章"自牧归荑"的"荑"。

《毛传》说："荑，茅之始生者。"咱们不妨把这荑认为茅草底嫩苗儿。《左传》："尔贡包茅不入，王祭不共，无以缩酒。"茅既可以缩酒，可见茅是有管的。宋梅尧臣诗"丹茅苦竹深幽幽"；晋郭璞《游仙诗》"临源挹清波，陵岗掇丹荑"，可见茅有丹茅，荑有丹荑。所以这个彤管，我以为只是那位静女从牧场上采回来的一杆红色的嫩茅苗儿。因为初生的嫩茅，鲜红而有光，所以那位静女，采回来赠给她底爱人。因此，第二章底"彤管"，就是第三章底"荑"；第二章"贻我彤管"的"贻"，就是第三章"美人之贻"的"贻"；第二章"说怿女美"的"女"，就是第三章"匪女之为美"的"女"；第二章"悦怿女美"的"美"，就是第三章"洵美且异"的"美"，也就是"匪女之为美"的"美"；而"洵美且异"，就是指"彤管有炜"的"有炜"而言。这样，二、三两章相承，脉络贯通，便更觉得"文从字顺"了。不知你底意见以为何如？

你底原文，现登在《现代评论》上，在理，我这信也应该投到《现代评论》社去才是。但是我总觉得拿我这几句废话，去占《现代评论》宝贵的篇幅，不如占《语丝》篇幅为妙，所以投向语丝社里去了，请你恕我！盼你答覆！

一九二六年二月二十八日，大白。

（C）《邶风·静女》篇的讨论

顾颉刚

大白先生：

从语丝社转到来书，高兴极了。先生把郭璞诗的"陵冈掇丹荑"和梅尧臣诗的"丹茅苦竹深幽幽"来证明《静女》篇中的"荑"就是"彤管"，确当之至。我见不及此，所以虽有攻击谬说的心，终给谬说迷蒙住了。二千余年的曲解，一朝揭破，大快，大快！

用了先生的话再来译这一首诗，应成以下的数行：

  幽静的女子美好呵，
  她在城角里等候着我。
  我爱她但寻不着她，
  使得我搔着头，好没主意。

  幽静的女子柔婉呵，
  她送给我这根红管子。——
  红管子呵，你好光亮，
  我真欢喜你底美丽。

你，就是她从野里带回来的荑草，
实在是美丽而且特别。——
咦，哪里是你底美丽呢，
只为你是美人送给我的！

这个译文，未知有误否？再请教正。

三月二十八日。

（D）再谈《静女》

大白

颉刚先生：

从《语丝》七十四期，看到先生底复信，知道我对于《静女》篇中"彤管和荑是一非二"的见解，已被采纳；并且把原诗重新改译一道了。但是我对于原诗一二两章底首句和一章底末句，还有一点意见要说。

（一）我以为"静女其姝"和"静女其娈"的两个"其"字，和《竹竿》篇底"巧笑之瑳"和"佩玉之傩"的两个"之"字一样，都是前置介字。在散文中，本应该说"姝其静女"和"娈其静女"，"瑳之巧笑"和"傩之佩玉"，和《桃夭》篇底"灼灼其华"，《殷其雷》篇底"殷其雷"，《隰有长楚》篇底"猗傩其枝",《扬之水》篇底"扬之水",《杕杜》篇底"有杕之杜",《渐渐之石》篇底"渐渐之石"一样。但是在韵文中,因为协韵的缘故,所以颠倒了(大约古代原有这样颠倒的文法)。此类文法,不但《毛诗》,在韵文的《楚辞》中,也是很多)〔按:"之其"两字,古代常常通用。领位代名词、介词、形容词语尾和副词语尾四种作用,"之其"两字都同样地具备的。后来"之"字底一系,转变而成现在国语中的这(领位代名词,也作者字)、底(介词)、的(形尾)和地(副尾);"其"字底一系,转变而成东南(江浙一带)语系中的个(领位代名词)、格(介词和形尾)、价和教(两字都是副尾)。关于这一点,我颇想写一篇《"之其"二字古通今变考》〕。所以"静女其姝"和"静女其娈",译成现代国语,应该作"庄姝的静女"或"美好的静女","婉娈的静女"或"柔婉的静女"。

(二)踟蹰和踯躅、踌躇,都是彳亍二字底转变。彳训小步,亍训步止,所以都是行不进或徘徊之意。其实《庄子》中"吾行却曲"底"却曲",也是此意,不过由舌音敛为喉音罢了。所以"搔首踟蹰",就是搔着头皮在那里徘徊,不必译作"好没主意"。

这两点先生以为何如?

至于原诗底律声(Rhythm)是很细密的,如一章底姝、隅和蹰,二章底娈和管,炜和美,三章底荑和美,异和贻,都是停尾韵（就是句尾韵）；以及搔首同纽，踟躕同纽，有炜同纽，说怿同纽，归荑同韵，之贻同韵，都是很显明的。

还有，一章底俟和搔，二章底贻和说，都是停头纽（就是句头纽）；一章底女和而，三章底牧和美（次句），女和人，都是停身纽（就是句身纽）；三章底自和匪，是停头韵（就是句头韵）；却都是向来未曾注意的，所以我也趁便指出。

一九二六年，四月二十四日，刘大白在上海江湾。

（E）读《〈邶风·静女〉的讨论》

郭全和

颉刚、大白二位先生：

我在《语丝》七十四期上，看见二位先生的通信，是关于《诗经·邶风·静女》的讨论。不学无识的小学生，也想来插嘴说几句话。至于说的对不对，还是请二位先生原谅和指正！

我本没有看见颉刚先生的大作——《瞎子断匾（〈静女〉一例）》，只见大白先生说是登在《现代评论》六十三期里面，所以我就立刻找了一本，细细读了一遍。只见顾先生说："这几句诗并不算得古奥。所难懂的就是'彤管'和'荑'两件东西。"后来顾先生把"彤"字说是"丹漆"，刘先生在通信里把"彤"字当红色讲,又说,"'彤管'就是一个红色的管子"。又引别的书上,来证明"茅有丹茅,荑有丹荑",用此又证明"彤管"与"荑"完全是一样东西。所以刘先生说:"这个'彤管',我以为只是那位静女从场上采回来一根红色茅苗儿。"这样的解释,自是圆满而可以成立的。

现在所以讨论,"彤管"二字"彤"字当作红色讲,已无问题了;但是"管"究竟是什么,刘先生把它当作"管子"讲。以我的意见说来,这个"管"字不应当作竹字头的"管",应当作草字头的"菅"。《尔雅·释草》说:"白华,野菅。"郭璞注曰:"菅,茅属。《诗》曰:'白华菅兮。'"由此可以证明"彤管"之管,恐为后人之误。《诗经·东门之池》有"可以沤菅"的话,《左传》有"无弃菅蒯"的话,皆是作"菅"。我以为"贻我彤管",应当作"贻我彤菅"。这菅是什么样子呢?陆玑曾说,"菅,似茅而滑泽",所以说"彤菅有炜"。这可以证明红色的菅,是有光泽而且又好看的东西,所以拿来赠送她的情人。这是无疑的了。

"菅"的问题,已经解决了。这"荑"是什么呢?刘先生引《毛传》说:"荑,茅之始生者。"这是狭义的解释。若是广义的解释,"凡草木之始生者,皆曰荑"。所以《管子·度地篇》有"草木荑生可食",《孟子》有"苟为不熟,不如荑稗"。荑本是一种草,中有米而细小。这或者是美人去田野采那没有用处的荑草,回来又赠送他一根子,所以他才说"匪女之为美,美人之贻"的话来。

由此看来,头一回赠送的是一根菅草,后来又赠送一根荑草,显然是两样东西了。这是我的见解,里面一定有不到的地方,还是请二位先生指正!

十五,四,二十日,于开封中大附中。

(F)《邶风·静女》的讨论

魏建功

颉刚兄:

《静女》诗的问题,我初未注意,兹承示郭君文,谨将鄙见写出请教。

要解决古书中问题,我想最好用两条办法,自然可以表示得清清楚楚:第一,各人依自己的见解加以标点;第二,各人依自己的见解译成今言。这似乎是本题以外的话,请就便先谈它一谈。凡古书中之所以有难解的地方,不外今言古言的差异,这标点和对译,便是惟一无二的上法。标点不同,则文法组织不同,然后解说也就跟着定下了。至于训诂名物等,在必要时不妨考它一考。但不能偏重这一面,把全文的意义和文学的艺术忘了!前些时,为了《伐檀》的"彼君子兮,不素餐兮"的解释,我和缪金源兄就发生过辩论,可算是全在艺术上的争执。我记得适之先生在中国哲学史课堂上讲到《哲学史大纲》第二篇第二章的"诗人时代",就把这"君子"解作是指的当时不劳而食的"大人先生"。他说:

> ……你看那《伐檀》的诗人对于那时的"君子",何等冷嘲热骂……

这明明是说愤世派的反嘲口吻,我深信以为然。所以我的《伐檀》今译便译成正骂的:"那些混账王八旦,无菜不下饭!"缪君却说是引贤人君子做教训的,以为是,"那些个君子呢(他的意思即'好人'),是不尸位素餐的"!我译得自然不如原意宛而转,但与缪君之意便根本不同。这诗原文和我意译的对写如下:

坎坎伐檀(辐,轮)兮,	檀树伐得空空地响,
置之河之干(侧,漘)兮;	树段搁在河边上;
——河水清且涟(直,沦)猗!	——河水呵,泛着清澄澄的细波浪!
"不稼不穑,	"不种地,不耕田,
胡取禾三百廛(亿,囷)兮?	为何平白拿粮三百石?

不狩不猎，　　　　　　　没结网，没放枪，
胡瞻尔庭有县貆（特，鹑）干吗看你院子里挂着些狐
兮？　　　　　　　　　　兔貂狼？
——彼君子兮，　　　　　——唉！那些混账王八旦，
不素餐（食，飧）兮！"　　无菜不下饭！"

依我的标点讲解，首三行说的伐檀时情状，不稼不穑以下便托在伐檀者的嘴里对一班"君子"下的攻击，的确是实情；但是这等人又有什么法子，末了对这不平允的事情只有浩叹，悠然发出一句遣情的冷讥的刺语说道："阔人呵，是不吃白饭的呵！"这一句沉痛的叹语放在伐檀者嘴里，于怀疑一班人不稼不穑，不狩不猎，能得禾和一切的牲畜之后，随即接转，其意味之深沉，是如何有咬嚼！然而依缪先生却说既然有如此不平的感想，于是想着那些"君子"呢，便不如此，他们是不白食其禄的（若译做吃白饭亦可），就连上文，对此非君子教训一顿。他说因为"胡瞻尔庭"的"尔"字与"彼君子兮"的"彼"字相对照的，所以应该那么样讲。依他便要如此标点后六行：

不稼不穑，
胡取禾三百廛兮？
不狩不猎，

> 胡瞻尔庭有县貆兮?
>
> 彼君子兮,
>
> 不素餐兮!

我以为诗的表现手段越高,层次越深,决不会越浅。假若是受了"素餐"的诂义的拘执,一定与"尸位素餐"的意想和合;其实"素食""素餐"还可以这样将就来讲,"素飧"又怎么说呢?素,白也。素餐、素食、素飧,都是空口吃白饭的白饭的意思——适之先生也好像这样讲的——与挨光吃白食的白食不能相同。

假使"君子"指的不尸位素餐者,那这个被讥刺的人,未免也要指实是尸位素餐者了。一个伐树工人对于那班不劳而获(诗中说的明白)的人攻击是可以的事,却未必是只攻击有"位"而尸的素餐者。而且诗人托辞于工人休息时的愤懑口吻,那尔庭的"尔"字也不过泛泛地指一些人,决不是面命耳提似的戟指着一个非君子而责问之,并接以教训之语。即使不含教训之意,而谓末了因为这些非君子而想到其他的君子,我也觉得浅得很!况且诗中往往把 Person 半途改变,把意思更转流一些的实繁有例,故我主张应该转折地往深里探其意味,如果径直地接下来,便索然寡味。《卷耳》一章的"嗟我怀人"和二、三、四章的些"我"字,若当做怀人者一个人自谓直接下来,便不如把二、三、四章的"我"字当做怀人者怀念被怀者之怀念而为之设言自谓的巧妙。《葛覃》三章的"我"字也是一样，中间描写归宁者之心理，揣度其身分而言。这就是我说的既要顾到全文的意义，又要注意文学的表现手腕——艺术。这种地方就是文学的生命。往往经过拘泥的考据，把神气失了，是件最可惜的事！

《静女》诗的问题，我原未注意。在读《瞎子断匾》时，我完全与你的意思一样。

刘君将二、三两章连带来讲，你虽改而从之，我却不信。郭君一文因刘文补充出来。我的意思，先标点出来：

> 静女其姝，俟我于城隅；
> ——爱而不见，搔首踟蹰！
> 静女其娈，贻我彤管，
> 彤管有炜；说怿女美。
> 自牧归荑，洵美且异；
> ——"匪女之为美——美人之贻"！

第一章我们没有十分不同的地方，不过我以为先说——

> 幽静人儿呵漂亮，
> 等着我在城墙角。

但是心下不晓得心爱的人可准在城角何处，便能虑到——

——我爱心肝见不着，

抓耳挠腮没主张！

你译为"我爱她但见不到（或寻不见）她"，我觉得把"爱而不见"的"而"字太着实了。

这《静女》的三章是想念情人的三首诗，所以第一首是因为赴约想见往而不遇的心情，第二首便是因物思人的描写！

幽静人儿呵柔婉，

她送我一枝红管，

红管红的红堂堂；

——我爱心肝多好看！

"管"字，我觉得不必去兜圈子改成草头"菅"，但注意音乐又是爱情生活的重要点缀，这个"管"是笙箫管笛的"管"。"彤"字，你第一次译的并不错，不过要那么说实了是朱漆，似不如注意"有炜"之译成"红堂堂"的话语来表示的好。我们不必更板板地译成朱漆的管，因为"红管"在今言中可以成一词，犹如玉笛、紫箫……之可以成词。"管"，古时是指乐器中之吹竹的东西，乐器上涂加红彩也不希奇。

说到从"丹茅""丹荑"来叙家谱,将"彤管"认为"红菅",总有些迂曲呵!若是因为"荑"是"草木芽","管"又可以是"菅"的误,说"彤管"怎不是"红菅"呢?我只有要证据来!我相信"彤"与"丹"同指朱色,但其用处有些不同。"彤"字从"丹",谁能不说是朱色、红色,不过我们看文字之从"彡"的多是有斑彩之意,或指是彩画之实,或指是彩画之事;这"彤"字就不外是以丹作彩的色、的文、的事。《诗》中说到红色的地方有——

灼灼其华《周南·桃夭》指桃花的红色(F)

鲂鱼赪尾《周南·汝坟》指鱼尾的红色(E)

赫如渥赭《邶·简兮》指籥(左手执籥)翟(右手秉翟)的红色(D)

莫赤匪狐《邶·北风》指狐毛的红色(B)

彤管有炜《邶·静女》指管的红色(G)

朱帻镳镳《鄘·硕人》指帻的红色(C)

毳衣如璊《王·大车》指衣如玉的红色(A)

颜如舜华/英《郑·有女同车》指人面如花的红色(A)

缟衣茹藘《郑·出其东门》指草之红可以染缟衣(A)

簟茀朱鞹《齐·载驱》指鞹为簟茀者所涂的红色(C)

素衣朱襮/绣《唐·扬之水》指衣襮绣的红色(C)

颜如渥丹《秦·终南》指人面的红色(A)

三百赤芾《曹·侯人》指冕服之韠的红色（B）

我朱孔阳《豳·七月》指染丝的红色（C）

赤舄几几《豳·狼跋》指舄的红色（B）

彤弓弨兮《小雅·彤弓》指弨上涂的红色（G）

朱芾斯皇《小雅·采芑》指芾的红色。《斯干》同（C）

赤芾金舄《小雅·车攻》同上（B）

赤芾在股《小雅·采菽》同上（B）

玄衮赤舄《大雅·韩奕》同前（B）

赤豹黄罴《大雅·韩奕》指豹的毛色（B）

朱英绿縢《鲁颂·閟宫》指矛饰的红色（C）

在这些例子里，我们可以见到古时言红色，是各处用的不同。除去（A）以红色东西比拟另一东西的红色或言染红之事外，则多用"赤"字（B七见），"朱"字（C八见），其余用"赭"（D）"赪"（E）的仅各一次，重言以写光色"灼灼"（F）为一特例，至于"彤"字只有两见。而形容红色之字，只有"赫""炜""阳"三字。从两次用"彤"处看，可知"彤"所言红色当是朱漆一类的涂料的颜色。因为由人为而成的红色，便就有了光色的形容，于是"赫如""有炜""孔阳"都随了所形容之颜色而定其含义，成髹染之红色感应于心理的形容语。彤管的色彩是如何呢？——红堂堂的。若是说"管"既是乐器，为什么却用了"彤"字？就是女真以乐管相送，何以见得管是红的呢？我有证据！这就在《邶风》本风中的《简兮》三章曰：

> 左手执籥，
> 右手秉翟。
> 赫如渥赭，
> 公言锡爵。

不是乐器涂红的凭证吗？涂红色许可以，而涂红的管是否是乐器？

籥涂红色已经说过，籥是竹乐，竹乐统曰"管"，纵不能得明证，而"管"为乐器则不容怀疑！《周颂·执竞》章曰：

> ……钟鼓喤喤，磬管将将，降福穰穰……

《有瞽》章曰：

> ……箫管备举，喤喤厥声……

《商颂·那》章曰：

> ……鞉鼓渊渊，嘒嘒管声，既和且平，依我

磬声……

既然乐器可涂红，管也是乐器，涂红了的称"彤管"，有什么不通？见到静女所贻彤管，便对管道"说怿女美"——我欢喜你真好看！这也没有什么不可，也许语意双关，嘴上对管说，心下却对她说。不过我则以为前三句叙女贻管之事，因提到此事此物，即想到爱她的人，所以主张"说怿女美"的"女"字采朱熹的说法指静女。再往下，第三首是因人而爱物。那"荑"字说是"草木芽"也好，说是"茅芽"也好，说是无用的野草也好，反正是不美不香——无色无味的草儿罢了！他明明说荑"洵美且异"，与二章"说怿女美"是两截，自行起首。不然，他何必要另用"自牧归荑"起？何不干脆作"说怿女美！洵美且异；匪女之为美，美人之贻"呢？若是依你们说二章"女美"之"女"是"尔汝"之"汝"指管，再如刘君之意管是"菅"，即为"荑"，那这连接的两章，应该不要"自牧归荑，洵美且异"，放在中间！我说是——

> 野里带回的荑草，
> 实在好看又希奇。
> ——"不是你生来的好，
> 好在人儿送的礼！"

我们现在都在这儿扪"管",不知道给谁扪着了!我们现在都在这儿试"草",不知道给谁试出了!我的译文归总写在信后。

弟建功,五月二十日。

幽静人儿呵漂亮,
等着我在城墙角;
——我爱心肝见不着,
抓耳挠腮没主张!

幽静人儿呵柔婉,
她送我一枝红管,
红管红的红堂堂;
——我爱心肝多好看!

野里带回的荑草,
实在好看又希奇;
"不是你生来的好,
好在人儿送的礼!"

（G）三谈《静女》
——对于《语丝》八十三期魏建功先生《〈邶风·静女〉的讨论》的讨论

大白

颉刚先生：

从《语丝》第八十二期和第八十三期，读了郭全和先生底《读〈邶风·静女〉的讨论》和魏建功先生底《〈邶风·静女〉的讨论》，我还觉得不能牺牲己见。我对于郭先生，只觉得改"管"为"菅"，未免多此一举罢了。至于对于魏先生，却有许多意见不同之处。

（一）魏先生因为要将就自己底见解，把应该放在"贻我彤管"下面的停点"；"，硬移在"彤管有炜"下面。《静女》第二章，是二二式转韵的诗。凡是转韵的诗，都是意随韵转，或意随韵停；决不会韵已转了，意还未转未停。此诗"静女其娈，贻我彤管"，是说静女送作者以彤管；"彤管有炜，说怿女美"，是说静女所送彤管底美丽。明明前两句意思已停，后两句转一个意思，怎能把停点放到第三句下面去。如果照魏先生底点法，就把原诗所用的韵反复律的律声破坏了。况且诗篇底标点和节奏，有密切的关系。用逗点"，"的地方，在节奏上可以停一拍子；用停点"；"的地方，在节奏上可以停两拍子；用集点":"的地方，在节奏上可以停三拍子；用住点"。"的地方，在节奏上可以停四拍子。如果照魏先生底点法，改二二式为三一式，把原诗很停匀的节奏，完全破坏；而且因为和前后两章不同，全诗很停匀的节奏，也完全破坏了。

（二）魏先生因为要将就自己底见解，把二、三两章明明相同的两个"女"字，解作两种意义。这两章中两个"贻"字，两个"女"字，三个"美"字（"女美""洵美""为美"），明明是相同的。因此，我把二、三两章连贯来讲；而且只有连贯来讲，才觉得先说"说怿女美""洵美且异"，后说"匪女之为美，美人之贻"，可以显出诗人用意底曲折来。三章上半，是承二章下半而复述的。"自牧归荑"，是注明彤管之为何物；"洵美且异"，是复述"彤管有炜"的美，可以"说怿"。诗人于此，不但用"美"字，而且用"洵"字和"异"字坐实它，足见这个荑是的确美的，并非"不美不香——无色无味的草儿"。"匪女之为美"底"匪"字，有"不但"二字底意思。所以"匪女之为美，美人之贻"，是说"不但是你底能自成其为美，而且是美人所送的，所以尤其觉得美了"。试问这样解法，比魏先生把二、三两章打成两橛的解法何如？

（三）魏先生不曾记得诗是有律声的。这篇诗每章四句，是应用章底整齐律；第三章以"归荑"和"为美"底"荑""美"二字为韵，"且异"和"之贻"底"异""贻"二字为韵，是应用韵底反复律。所以《静女》底诗人，不能如魏先生底意思，把"自牧归荑"一句，"干脆"地省掉，使第三章只剩三句，使第三句底"美"字，没有"荑"字和它同韵相协。至于"自牧"和"洵美"底"牧""美"二字，在句中同纽相和，也是《静女》底诗人所舍不得的小玩意儿，而魏先生所不遑顾及的。因此，魏先生底"干脆"的提案，或许可以得散文作者底同意，而不能得《静女》底诗人底通过。其实，照魏先生底"干脆"办法，第一章已经有了"静女其姝"，第二章不应再有"静女其娈"，至少应该换作"既见静女"；第二章"说怿女美"，怿就是说，何必重说？而且"彤管有炜"底"有"字也是多的，应该改作"彤管炜，说女美"，才有当于"干脆"主义。可惜《静女》底诗人，有了使用反复律和整齐律的癖，一定要反复一下，整齐一下，以致有悖于"干脆"律了！

（四）《毛诗》中前数章型式相同，意思不同（或意思相衔而转变），而卒章既承接前一章底意思的，颇有其例。如：

葛之覃兮，施于中谷；维叶萋萋，黄鸟于飞；集于灌木，其鸣喈喈。

葛之覃兮，施于中谷；维叶莫莫，是刈是濩；为絺为绤，服之无斁。

言告师氏，言告言归；薄污我私，薄浣我衣；

害浣害否,归宁父母。

——《国风·周南·葛覃》

此诗前两章型式相同,而第一章只写葛,第二章进一步写葛底为绤为绤,做成绤绤的衣服而穿起来。第三章型式和前两章不同,而所说"薄浣我衣"底衣,就是第二章绤绤做成的衣。

遵彼汝坟,伐其条枚;未见君子,惄如调饥。
遵彼汝坟,伐其条肄;既见君子,不我遐弃。
鲂鱼赪尾,王室如毁;虽则如毁,父母孔迩。

——《国风·周南·汝坟》

此诗前两章型式相同,而第一章说"未见君子",第二章进一步说"既见君子"。第三章型式和前两章不同,而所说"父母孔迩"底父母,就是第二章底君子;因为"既见",所以说是"孔迩"。

彼都人士,狐裘黄黄;其容不改,出言有章;行归于周,万民之望。
彼都人士,台笠缁撮;彼君子女,绸直如发;我不见兮,我心不说。
彼都人士,充耳琇实;彼君子女,谓之尹吉;

我不见兮，我心苑结。

彼都人士，垂带而厉；彼君子女，卷发如虿；我不见兮，言从之迈。

匪伊垂之，带则有余；匪伊卷之，发则有旟；我不见兮，云何吁矣！

——《小雅·都人士》

此诗前四章型式略同，意思不很同；第五章即承第四章意思而申说。现在《静女》前两章也是型式略同，意思不同；而第三章即承接第二章意思而申说，正和前三例相类。《都人士》第五章底"垂"字、"带"字、"卷"字、"发"字，就是第四章底"垂带"字和"卷发"字；那么《静女》第三章底两个"美"字，一个"女"字，一个"贻"字，就是第二章底"贻"字、"女"字、"美"字，似乎也是事同一例的。魏先生一定要把它打成两橛，我实在不敢苟同。

现在要讲到"彤"字底问题了。这个"彤"字问题，是魏先生最着眼的一点。他因为要执着"彤字从彡"，"有斑彩之意，或指彩画之实，或指彩画之事"，"不外是以丹作彩的色、的文、的事"的见解，所以连带着非把管当作乐器，把彤管和荑当作两件东西不可。他以为荑是不可以彩画的，所以非把管派作乐器不可。既然把管派作乐器，自然不能不把它和荑看作两件东西了。其实，他对于"彤"字底见解，未免有点近于咬文嚼字了！如果咱们遵守咬文嚼字主义的话，那么，"赤"从大火，"莫赤匪狐""赤豹黄罴"，是指大火烧焦了的狐狸和豹子；"赤舄几几""玄衮赤舄"，是指大火烧焦了的鞋子；"赤芾金舄""赤芾在股"，是指大火烧焦了的蔽膝了。又，"朱"为赤心木，松柏属，"朱幩镳镳""簟茀朱鞹""素衣朱襮""素衣朱绣""我朱孔阳""朱芾斯皇""朱英绿縢""贝胄朱綅"底那些幩、鞹、襮……芾、英和綅之类，都是用被大火烧焦了的赤心的松柏木头做材料的了。如果说"朱"应作"絑"，那么，絑为纯赤，那些幩、鞹、襮……芾、英和綅之类，都是用大火烧焦了的丝做材料的了，或是做成之后，纯粹用大火烧焦了的了。这似乎太开玩笑了。那么，现在再就彤字讲。魏先生因为看见"彤弓弨兮"底彤，是指弓上所涂的红色，所以以为"彤管"底彤，也是涂在乐器上的"朱漆一类的涂料的颜色"。那么，《尚书·顾命》篇底"麻冕彤裳"，也是用朱漆一类的涂料的颜色涂红的裳了。然而魏先生或许说，"这是在裳上加以彩画，就是所谓'以丹作彩的色、的文、的事'，所以也可以用彤字"。然而《尔雅·释畜》底"彤白杂毛騢"，又怎么解呢？这一种騢马底红毛，总不会是用"朱漆一类的涂料的颜色"，加以彩画，涂成红色的吧。《说文解字》解"騢"字为"马赤白杂毛……谓色似鰕鱼也"，自然不是说騢马底红毛，是用大火烧成的；而《尔雅》郭注解"騢"为即今之赭白马，大约也不是说騢马底红毛,是用赤土(赭为赤土)涂成的。所以彤也,赤也,赭也,一而三,三而一者也。这种骐马,既不曾被齐国田单将军拉去充作着绛缯衣的火牛,当然不会有五彩龙文画在它底身上;所以这彤白马之决非用"朱漆一类的涂料的颜色"涂成的彩画白马,是可以断言的。那么,咱们除解作有红毛白毛相间杂的马,不能更作别解了。如果说"因为毛色红白相间杂,好像彩画所成的斑彩,所以称它为彤白马";那么,已经是用"彤"字底引申义(其实"彤裳"底"彤",也已经是引申义)了。动物身上可以用"彤"字底引申义,植物(荑)身上怎见得不可以用"彤"字底引申义呢?安知这荑底身上,不是红白两色相间杂,而好像彩画所成的斑彩,所以被称为彤管呢?因此,我对于"彤管"和"荑",还要维持"确是一件东西"的原议,而不敢盲从魏先生底咬文嚼字主义。

至于"管"是乐器的见解,魏先生不过因为"朱漆一类的涂料的颜色",不便涂在茅苗儿上,所以想出这个办法来。如果茅苗儿不妨称为彤管,那么,自然也不必把彤管移充乐器了。

按:魏先生从《毛诗》中找出"言红色"的许多例子来,证明彤是涂红。这种方法,自然是很科学的。然而科学方法,也难免危险,因为假使有或种条件不曾顾到,就会弄出错误来。譬如《静女》诗中的"荑",在二章中为什么要叫它做彤管,据我看,也是有条件的。"管"字是因为和"娈"字同韵相协；"彤"字呢，也有同纽相和的关系。这话讲起来，或许不见得会得到一般人底了解，但是在这里不妨谈谈。古代最初的发音，都是 b、d、g 一类的发音。所以"贻"从台声，古音读台；"说"从兑声，古音读夺；"怿"从睪声，古音读铎；而"彤"从彡声（据大徐本），古音读谈。这四字古音同纽，所以"贻、彤、彤、说、怿"五字，在句头（如贻、彤、说）句身（如彤、怿）同纽相和。这就是《静女》底诗人所以不用赤管而用彤管的原因。

复次，魏先生把逗点加在"贻我彤管"之下，而把停点加在"彤管有炜"之下，这种方法，却是太不科学的了！"静女其娈，贻我彤管"，是一个完全的句子；"彤管有炜，说怿女美"又是一个完全的句子。如果用文法上的图解法图解起来，是很分明的。依理，"贻我彤管"之下，应该用住点"。"，怎么可以用逗点"，"呢？"彤管有炜"的句法，和"有匪君子""有玱葱珩""有饛簋飧，有捄棘匕""有洌氿泉""有捄天毕"……等句法一样；因为协韵的缘故，把它倒转来，和"瘣辟有摽""新台有泚""新台有洒""四牡有骄""庶士有朅"……等句子一例。它在文法上，和下面"女美"是同位，是宾位提前而在呼位的，怎么可以把它拖在前面"静女其娈，贻我彤管"的一个整句底尾巴上呢？照魏先生这样地使用标点，实在是《毛诗》底遭劫，而且也是标点底晦气了！

还有，后来的诗赋中，云也可以彤，雯也可以彤，霞也可以彤，珠也可以彤，辉也可以彤，这些自然物底红色，都不是可以用"朱漆一类的涂料的颜色"涂成的。那么，这些彤字，不能照魏先生底咬文嚼字主义来讲，是尤其显明的。不过魏先生也许说"这些都是后起的，不足以例彤管"，所以我不愿把它们引作证据。但是黄帝底妃子，有个彤鱼氏，夏禹底后裔，有个彤城氏，这些都是较古的材料。彤鱼和彤城，都是国名。彤鱼国不见得会出产朱漆涂红的鱼，彤城国更不见得像"欲漆其城"的秦朝二世皇帝胡亥先生地把城墙用朱漆涂红了的。所以彤鱼和彤城，不过是红鱼和红城的意思，而彤管也不过是一条红管子。

一九二六年七月七日，刘大白在上海江湾。

（H）四谈《静女》

大白

《静女》诗中"彤管"和"荑"的问题，照前边的讨论，大约可以没有什么问题了，但是第一章第三句"爱而不见"底解释，也是一个可以讨论的问题。《毛诗故训传》说：

"爱而不见，搔首踟蹰"，言志往而行止。

郑玄《毛传笺》说：

……自防如"城隅"，故可爱也。"志往"，谓踟蹰。"行止"，谓爱之而不往见（其实这已经误解毛氏底意思了。应该说，"志往"谓"爱"，"行止"谓"踟蹰"才对）。

范处义说：

……我心爱之而未得见。

这些都是望文生义的解释，都是不大妥当的。顾颉刚先生和魏建功先生都被这些解释所拘，所以也跟着译作——

我爱她，但寻不着她。

以及——

——我爱心肝见不着。

了。但是许慎《说文解字》上的解释，却和这些解释不同。他说：

> 僾，仿佛也；从人，爱声。《诗》曰："僾而不见。"

可见许氏所见的《诗经》底本子，"爱而不见"底"爱"，是作"僾"的。所以"僾而"就是"僾然"，和《礼记·祭义》所谓——

> 祭之日，入室，僾然必有见乎其位。

的"僾然"相同；而"僾而不见"，就是"仿佛不见"。这"而"字和"然"字一样，是一个副词语尾，和《论语·子罕》所引的逸诗——

> 唐棣之华，偏其反而；岂不尔思？——室是远而！

《论语·微子》所载的楚狂接舆歌——

> 已而已而，今之从政者殆而！

以及《左传》——

  若敖氏之鬼，不其馁而！

等"而"字底用法相类。我以为这个解释是对的。此诗第一章是诗人正在对预约等待在城角上的静女，寻找着，追求着。在寻找追求中仿佛不见，所以要"搔首踟蹰"起来。这正是幽期密约者对于所寻找追求的所欢，很迫切地要见到她，而又恍恍惚惚地唯恐见不到她的心情和实际状况底描写。因此，我把这篇诗译作现代人话诗如下：

  一个静悄悄的姑娘，
  流丽而又端庄，
  约定等我在城角旁；
  ——为甚仿佛看不见？
  累我搔着头皮，
  远望着在路上彷徨！

  一个静悄悄的姑娘，
  妩媚而又和婉，
  她送给我这支红管；
  红管红得有光芒，
  我爱你能代表——

咱们俩爱情底美满!

你就是她从牧场上,
采回来的柔荑,
实在美丽而又希奇!
不但你自身美丽。
更可爱在你是——
那美人送我的表记!

魏建功先生在《〈邶风·静女〉的讨论》篇中附带谈及的《伐檀》诗中末两句的解释问题,我以为他和缪金源先生底两种解释,都难免有点近乎"瞎子断匾"。其实,那时候的所谓君子,本来有三种解释。第一种是仁人君子的君子,就是所谓好人;第二种是指在位者,就是所谓官僚或绅士;第三种是女人称她底丈夫。这三种例,《毛诗》中都有,《伐檀》篇中的君子,却是属于第二种的。所以这篇诗每章后面的六句,是两个伐檀工人分别说话的口吻。现在且把原诗第一章分行写出如下:

坎坎伐檀兮,
置之河之干兮,
河水清且涟猗!

"不稼不穑,

胡取禾三百廛兮?

不狩不猎,

胡瞻尔庭有县貆兮"?

"彼君子兮,

不素餐兮"!

前三行是六义中所谓兴。一班伐木的工人,为了吃饭问题,很劳苦地在河边砍树。他们在终日勤勤的当中,看见河边上有一家官僚绅士的人家,并不种田,而仓廪里充满着许多谷米;并不打猎,而天井中悬挂着许多野兽。于是有一个工人怀疑起来了,他怀疑着远远地对着这家人家发问道,"你们并不劳动,为什么有这许多好东西吃呢"? 旁边另外一个工人,用讽刺的口吻,代这家人家解释道,"你不知道他们是官僚绅士啊,是不会不劳动而白吃饭的啊"! 末两句如果不当作另外一个工人底口吻,而当作对这家人家发问的那个工人自己另换一种语调的讽刺话,也是可以的。他先发问而又自己解释道,"你们并不劳动,为什么有这许多好东西吃呢?——啊! 我知道了,他们原来是官僚绅士啊,是不会不劳动而白吃饭的啊"! 这就是诗人"婉而多讽"的艺术手段。把君子当作好人讲,固然不对;把君子译成"混账王八旦",那尤其不对了。这个问题,虽然和《静女》篇无关,但是魏建功先生文中，既然附带谈及了，所以我也附带着谈一谈。

一九二九年四月二十九日在杭州国立浙江大学。

（Ⅰ）《邶风·静女》篇"荑"的讨论

董作宾

读了顾颉刚先生的《古史辨》，此书真如胡先生所言是"不可磨灭的著作"。我对于古史虽没有研究，但披览一过，深佩用力之勤，辨证之精，尤其喜欢读那篇自传式的长序。我竭诚地祝古史的研究，早日成为一部有系统的伟大的著作。我因顾先生的《古史辨》，而想起顾询及我《静女》的译文，顾的初译稿子——《瞎子断匾之一例》，我至今还没见着。上月偶于《语丝》中得一读刘大白先生的讨论和顾的修正稿，觉得很高兴。在班中（一工初中三年级）把原文写了，限十五分钟，令学生各译一通，然后将顾译文给他们介绍。下班以后，觉学生所译，也颇有意致，于是自译了一篇，本拟即刻写出，因课事忙迫，不暇抄录，嗣后又在《语丝》上见到郭全和君及建功的讨论信，更觉有些意见要说了，前天才破了两天功夫，参考一点材料，写这篇稿子请顾先生的指教！

在我初见大白先生把"彤管"和"荑"解成一物时，即引起了一个儿时的回忆：

> 许是五六岁的时候吧。我常常和姊姊弟弟到大街玩耍。每到春天，见乡间十岁左右的小孩子，沿街叫卖"茅芽"。他手中提着一个小竹筐儿，筐内铺着湿的手巾，上面又盖了一条湿手巾，都是紫花布的。那里面藏的就是茅芽了：红红的筒儿，约有三寸长短，一头尖处有一两个绿的叶尖向外绽着；一头平平的是近根的地方，有点白色，全身是叶托包裹成的一支管儿，紫红而且带绿的颜色，外面附着不少的茸毛。剥开里面时，却是嫩白光滑的如毛如棉的絮儿，这是柔脆而甜的东西，小孩子们是最喜欢吃的。我们见了它，便忙着掏出一两个制钱儿给他，买它一把。
>
> 他撮了又撮，估量定了，便从他那小手递到我们小手里。有时他很厚道，我们并没嫌少，他反添上了四五支。我们买到了茅芽，便连跳带跑地找小朋友们会餐去了。我姊姊手是很巧的，她会把茅芽的穰儿一条条剥出来，编成些小狗，或小猴子，给我们玩。玩够了，仍是吞下肚里去。

同时我又想起"茅草根儿"：

茅草的根儿,是一节一节嫩白可爱的,吃着和甘蔗一般的甜。也是乡间小孩儿卖的,截成三四寸长,贵贱和茅芽也差不多。白色的最好,黄的便不甚甜。大人们也买它,说是晒干了好熬茶喝,去火气。并且常常卖给药铺做药材。

这是我小时对于茅的经验。这种茅就是"白茅",长得并不高,也和普通的草儿一样。这种茅多生在近水的地方,《六韬》载"吕尚坐茅而渔",大概就是河边的白茅。我们家乡——南阳是滨临白水的,两岸沙碛上产茅最多。我还记得有一首滑稽的儿歌:

老头儿老,看[①]茅草,
茅草窝里睡着了,
狼吃了,狗嚼了,
撇个[②]骨都[③]又活了。

昨天同我的朋友李一山谈到茅芽,他说他们家乡(南召)

---

① 读阴平,看守也。
② 一作"对对"。
③ 即骨头。

也有卖的，并且开封春季卖茅芽的也是很多。我想邶在现今河北卫辉。《水经注》"河水迳东燕县故城北"，东燕故城在今汲县城东。可见邶地是古代黄河经流的地方，也和现在开封一样，必多白茅的产生。就这看来，吃茅芽的习惯，敢保不是从古代遗传下来的！"自牧归荑"，又怎见得不是因为它可以吃呢？

荑，就是茅芽，也就是茅芽中的穰儿。《毛传》"荑，茅之始生也"。《御览》引《风俗通义》："诗曰'手如柔荑'，荑者茅始孰中穰也。既白且滑。"这很可以证明茅芽的中穰就是"荑"。荑外面裹的嫩红色的叶托，自然就是"彤管"了。

在这里发现出"荑"是好吃的东西，并且得到了"彤管"与"荑"是一物的具体证明，总不算是穿凿附会吧！

关于茅芽的可食，我很想从古书上找一点根据，但是翻遍了茅氏"家谱"，仍找不出吃茅芽的事迹来。我疑心《易经·泰卦》"拔茅茹"的"茹"字，有点儿吃茅芽的意味。上面用一个"拔"字，很有抽取茅芽趋势；底下接着一个"茹"字，好像说"拔出茅芽来吃"。可惜经学大师不作如此解释。王弼说茹是"相牵引之貌"，虞翻说茹是"茅根"。茅根倒也相像，或者因为它可茹的缘故而得名。反正茹作食解，在古书上是最多的：《尔雅·释言》"茹，食也"；《礼运》"茹毛饮血"；《孟子》"饭糗茹草"；《庄子·人间世》"不饮酒不茹荤数月矣"，皆是。

茅的种类很多，要弄清楚，是非替它们叙叙"家谱"不成的。《本草》称"茅有白茅、菅茅、香茅、黄茅、芭茅数种，叶皆相似"，可知茅类大别也不过如此。《字汇》载"茅类甚多，苗出地曰茅针，花曰秀，叶曰菅，根曰茹"，这或者专指白茅一族而言的。茅针，自然是茅芽，也就是荑了。秀训"禾吐华"，秀穗双声，音亦相近，是穗状之花为秀。根因可食名为茹，前既言之。惟"叶曰菅"，颇足与彤管相发明。《说文》菅茅互训，大概因茅类之叶托皆作管形而得名，后来由通名而成为菅茅一种之专名了。"菅"之字音义都当从管，不过在竹曰管，在草曰菅，有如此不同而已。郭君讨论文中疑管是菅之误，其实两字的音义是相同的，红红的菅，仍然是红红的茅管呵。正不必多事更易，吃人追索证据。

　　兹将茅的种族和它们的功用列下：

茅氏"家谱"

种类	别名	形性	功用	所见书
白茅		短小；三四月开白花成穗，结实。其根甚长，白软如筋而有节；味甘。俗呼"茅丝"。 多年生草。高一二尺，苗如针。俗名茅针。叶细长而尖。春间先叶开花，簇生茎顶，有白毛密生，长二寸许。其根味甜。	可以苫盖，及供祭祀苴之用。 花可为引火之"火绒"。根可入药。（宾按：此云茅针即荑。）	《本草》 《辞源》
菅茅	三脊茅 芭茅 香茅 璃茅	江淮之间一茅而三脊，是为菅茅。 生湖南江淮间。叶有三脊，气香。	所以为藉。 可以包藉及缩酒。	《史记·封禅书》 《本草》

续表

种类	别名	形性	功用	所见书
菅茅		只生山上。似白茅而长。入秋抽茎开花成穗,如荻花。实尖黑粘衣刺人。根短硬如细竹而无节,微甘。	(宾按:此种南阳呼黄笔草,可苫茅屋。下列青茅,疑与此同。)	《本草》
青茅		多年生草。山地自生。高三尺许。叶细长而尖,花作长穗状。似芒草而花穗较少。	茎叶干后可为黄色染料。	《辞源》
芭茅	芒	丛生。叶大如蒲,长六七尺。有二种,即芒也;《尔雅》作芭,今俗谓之芭茅。	可为篱笆。	《本草》
黄茅	黄菅	似菅茅而茎上开叶,茎下有白粉,根头有黄毛。古名黄菅。 多年生草。叶狭长。茎下有白粉。秋开白花成穗。根短细而硬。其端有黄毛故名。	可为索绹。(宾按:白居易诗"官舍黄茅屋",是此种亦可苫盖。)	《本草》 《辞源》
	菅	似茅而滑泽,无毛。根下五寸中有白粉者。柔韧宜为索。沤乃大善。	沤以为索。	《诗·东门之池》陆玑《疏》
仙茅		生西域。其叶似茅。久服轻身,故名仙茅。	服食。	《本草》
焦茅	灵茅	背明国有焦茅。高五丈。燃之成灰,以水灌之,复成茅,谓之灵茅。		《拾遗记》

总上八族:仙茅、焦茅,近于荒诞;青茅似与菅茅为一种;所不同者惟白茅、菅茅、菁茅、芭茅、黄茅五种而已。它们的用途,也因种类而异,再分举如下。

一、祭祀　祭祀时缩酒用白茅及青茅。关于缩酒有两种解说:

甲、束茅而灌之以酒（《左传》僖四"尔贡苞茅不入，无以缩酒"杜《注》）。

乙、沸之以茅，缩去滓也（《礼·郊特牲》"缩酌用茅"郑玄《注》）。

二、荐藉　用白荑、青茅，以为衬垫（《易》"藉用白茅，柔在下也"）。

三、索绹　用黄茅（《诗》"昼尔于茅，宵尔索绹"）。

四、苫盖　今茅屋多用之。诸茅皆可。

五、苞苴　组为席，用以包裹。

六、篱笆　用芭茅。

七、服食　白茅嫩芽之穰。

八、入药　白茅根。

九、引火　白茅花。其余均可作燃料（《吴志》刘备连营挑战，陆逊谓"吾已晓破之之术"。乃敕各执一把茅，以火攻之）。

十、染料　青茅茎叶可用。

据此看来，以白茅之用为最多：荑可食；花可作火绒；茎叶可为藉，可以供祭祀、苞苴；根可入药。又，《尸子》载"殷汤救旱，素车白马，身婴白茅，以身为牲"，可知所用也是白茅之花，因其上有毛，披之如牺牲一般。

说得太远了。《静女》一章中本无茅字，假使"彤管"的解释用建功的说法，"荑"的解释用郭君的说法，那末我这一大篇不全成废话了吗？不，不，荑是非作白茅的嫩芽解不可的！《诗经》中"荑"凡两见："手如柔荑"的"荑"，要不作茅芽讲，决不能形容出那种柔嫩滑白的两手来；此诗的"荑"，要不作好看而又好吃的茅芽讲，便真成了"不美不香，无色无味的野草儿"了。

郭君主张改管为菅，前面已说过不须用的。至于《孟子》"不如荑稗"之"荑"，分明是"稊"的借字。郭君既把管认为菅之误，已经和荑、茅接近了，却又忽然把它们分开，认为是两种不相干的东西，这也是他的缺点。

建功的译文嫌太整齐些。他的主张更和茅无关了，说彤管是红堂堂的乐器的管子，说荑是不美不香的野草，我却也有点儿"不信"。所以这讨论是专专维持大白先生和您在《语丝》七十四期所发表的主张的原案的。

以"彤管"和"荑"为两物，那末，一次见面，竟送了两回东西，总有点说不过去呵。我们试看本文：那女子本来约她的情人在城角下相候，情人来了，她反没来，弄得他那样着急。以后她终于来了，便送他一些红管儿，这当然是从野地带回的荑了。不然她何以不惮烦琐，一再唠叨，既送彤管，又送荑草呢？若说是一次送了两样，那末作者又何不径直说"贻我管荑"，而要分做两次写呢？我以为当她送东西他接来乍看时是些红管儿,以后剥出雪白的穰儿来,才知道是荑了。所以在下一章又解说这红管是荑呵,这是她从野外采回来的荑呵。我们读后二章时,可以想见一个小女子匆促地从乡间走回来,采了一把茅芽;见着她的情人时,便分赠一些给他吃。这是多么有情趣的事呵。

按:此文见《现代评论》第八十五期。魏建功先生曾说"要证据来"的话,经董作宾先生拿他底实地经验来证明,荑的确是彤管,可以说人证和物证俱全了。

一九二九年五月二日,大白在杭州国立浙江大学。

(六)一千年前的弹词
——《敦煌遗书》小说《明妃传》残卷——

中国底文学,是常常受到外族文学底影响的。《楚辞》是战国时代的外族文学,到了汉代,受了它底影响,有所谓辞赋文学底盛行;而那个时代所谓楚声的乐府——如《大风歌》《鸿鹄歌》《房中歌》和《秋风辞》之类,也从它底影响而产生。这可以说是咱们在中国文学史上所能认识的感受外族文学底影响而发生变动的第一次。其次,中国底戏剧,不是中国人自己所创造,而是从西域传来的。因为中国最早的戏剧,大约是北朝时代从西域拔豆国传来的《拨头》一剧;

跟着，就是北齐时代的《代面》和北周时代或隋末的《踏摇娘》等模仿《拨头》而作的歌舞剧底产生。当时魏齐周等，都是外来的鲜卑异族，他们所占据的地盘，既和西域相近，容易输入西域各国的音乐戏剧；而他们底文化，又低于中国固有的汉族，用不惯中国底"鬼话"（就是文言）；于是必须用当时的人话（就是白话）作对话或歌唱底工具的戏剧，便吸收——如《拨头》——或创造——如《代面》和《踏摇娘》——于他们之手了。

到了唐代，汉族底文化，统一了南北。虽然《拨头》《代面》和《踏摇娘》三剧还能存在，而这一类的歌舞剧，不能发展，只有所谓"弄参军"等调谑剧了。南北宋之间，虽然有所谓"杂剧"和"调笑转踏"等，然而都不是《拨头》系的戏剧，直到金元时代，女真、蒙古等北方异族进来，又是文化低于中国固有的汉族，用不惯中国底"鬼话"的，于是正式的歌剧才能产生。这又可见中国文学感受了外族文学底影响而发生变动了。其实，这个影响，后来一直波及到文章方面，在明清两朝所用以取士的八股文，也就是间接地受它底影响的。因为杂剧、传奇都用代言体，而八股文也是用代言体的。八股文不起于唐宋，而起于杂剧、传奇盛行以后的明代，是很显著地可以看出来的蜕化的痕迹。但是，还有受到外族文学底影响而发生的一种文学作品底体式，就是明清以来的所谓弹词。

弹词是一种散体（指它底用散文叙事说白的一部分）、律体（指它底用诗篇的形式叙事说白的一部分）兼用的叙事的文学作品。大体地说，可以说它是叙事诗。但是这种体式，究竟起源于何时呢？咱们现在所能看到的比较最早的称为弹词的，大约要算明代称为杨慎所作的《二十一史弹词》了。再从历史上往前看，咱们可以认识金代董解元底《弦索西厢》，虽然所用的不是普通的整齐的诗句，而是参差的曲调，但是它确是和弹词底体式相同的。再往前看，更有宋代赵德邻底《商调蝶恋花》十阕，用《蝶恋花》词调，述《会真记》故事。虽然它底散文叙事，就用元微之《会真记》原文，但是咱们一见，就可以看出这是《弦索西厢》底母亲，而和弹词是一类的东西。这两种东西，虽然一方面也可以说它们是金元歌剧底来源，但是它们底嫡派子孙，还是弹词。因为和杂剧、传奇有大不同的一点，就是杂剧、传奇中的曲子，单用以代言（代剧中角色底说话）；而它们底词曲或诗句，兼用以叙事。往往词曲或诗句所叙述的，就是各段散文中所已经叙述的。这种散体、律体相间的叙事体式，不是中国所固有，而是受印度佛教文学底影响而后有的。

印度佛教经论——尤其是论和佛曲，都是有长行，有偈颂，而长行所叙述的，往往就是偈颂所叙述，正和弹词底诗句（包词曲而言）和散文相间而同叙一事的相同。所以咱们可以断定明清以来的弹词，起源于《弦索西厢》和《商调蝶恋花》

等；而《弦索西厢》和《商调蝶恋花》等，又起源于印度佛教底经论和佛曲。这在现在还有一种证据，就是流行着的各种宣卷所用的宝卷。它们底内容，差不多完全和弹词相同，外形也是相仿，而似乎还袭用着佛曲底一点仪式。不管内容是什么千金小姐和落难公子后花园相会，私订终身一类事件，而唱的人每逢唱完一两句，还要高声地念着"南无佛，阿弥陀佛"。可见弹词和宝卷底不同，只是佛曲底仪式保留与否底不同罢了。

然而近来从《敦煌遗书》中发见唐代的小说《明妃传》残卷，除了它底说白是用似四六非四六的"鬼话"（也略略夹杂着那时的人话）以外，其余竟是完全和明清以来的弹词相同。原文语句，虽然因为讹误残缺，有些不能十分通晓，但是大体可以意会。现在把它比较完全而可以明白的一段，引录如下：

> 从昨夜已来，明妃渐困，应为异物，多不成人。单于重祭山川，再求日月，百计寻□（此字原缺，大约是"方"字），千般求术。纵令春尽，命也何存？可惜□□（此二字原缺，依后文大约是"明妃"二字），□□（此二字原缺，依后文大约是"奄从"二字）风烛。故知生有地，死有处，怜至三更，大命方（按：此下似缺一字）；单于脱却天子之服，还

着庶人之裳;披发临丧,魁渠并至;骁(此字疑是"晓"字之误)夜不离丧侧,部落岂敢东西?日夜哀吟,无由塈椒(此二字大约是"暂辍"二字之误);恸悲切调,乃哭明妃处。若为陈说:

昭军昨夜子时亡,
突厥今朝发使忙;
三边走马传胡命,
万里非书奏汉王。
单于是日亲临哭,
莫舍须臾守看丧。
解剑脱除天子服,
披头还着庶人裳。
衙官坐位刀离面,
九姓行哀截耳珰。
枷上罗衣不重香。
可昔未殃宫里女,
嫁来胡地碎红妆!
首领尽如云雨集,
异口皆言斗战场。
寒风入帐声犹苦,
晓日临行哭未殃。
昔日同眠夜即短,

如今独寝觉天长。

何期远远离京兆，

不意冥冥卧朔方！

早知死若埋沙里，

悔不教君还帝乡！

（注）原文"昭君"都作"昭军"；称匈奴为"突厥"；"非书"大约是"飞书"之误；"枷上……"句以上，大约脱落一句；"枷"字是"架"字之误；"可昔未殃宫"是"可惜未央宫"之误；"哭未殃"是"哭未央"之误。

这是完全和现在的弹词相同的，它和弹词相同的程度，比《商调蝶恋花》和《弦索西厢》尤其迫近。其中有一点比《弦索西厢》离现代的弹词较远的，就是它底散体的叙事是用似四六非四六的"鬼话"，而《弦索西厢》却用人话。所以咱们可以作这样的推想：弹词的体式，受印度佛教经论佛曲底影响，在唐代早经发生；但是那时候因为文学上传统的关系，以及翻译佛教经论佛曲（虽然《敦煌遗书》中已经有佛曲俗文），习惯上多用"鬼话"的缘故，所以散体叙事还用"鬼话"。后来词曲盛行，中间又曾经过用词曲作律体叙事的变化，而有《商调蝶恋花》和《弦索西厢》一类的作品。但是用整齐的律体叙事的作品，大约在宋元时代也不曾断绝，所以到了明代，就有现存的一类弹词。这类弹词，体式完全和唐代《明妃传》相同，不过散体的叙事一部分却改变为人话，沿袭着《弦索西厢》底习惯了。从这一点改变上，咱们又可以看出这是出于文化较低于中国固有的汉族的女真族入据中国北方的金代的作者之手的。

　　其实我还觉得金元正式歌剧底用散体的人话叙事，和律体的人话曲子代剧中角色发言，这样地散体律体相间，固然也是直接地受《弦索西厢》和《商调蝶恋花》底影响，而间接地受唐代弹词和印度佛教经论佛曲底影响；就是宋元以来的平话小说、章回小说中，虽然大部分只是用散体的人话叙事，而它们有时候还夹杂着什么"有诗为证"和"有赋为证"的律体的诗赋，也是受到这种影响的。还有，明清两代的八股文，提比以下用律体，而破题、承题和起讲，都用散体檃括全篇大意，也许是和这种影响不无关系的。

　　即此，咱们可以认识外族文学底输入，所给与于中国文学上影响之大。而一国文学，如果闭关自守，和外族文学老死不相往来，那么，没有新生命底注入，就不会发生什么变动，难免由衰颓而老病而灭亡的。

　　　附记：中国底诗篇在齐梁以后，发生一种使
　　用抑扬律（就是讲究平仄谐协）的变动，而有唐代
　　以后的完全律体诗底成立，也是间接受到印度佛教

经论底影响的。因为中国人向来只知道文字是单音的，不知道可以用两个以上的音拼切成一个音；直到东汉时翻译了佛经，才和世界高等的拼音文字相接触而知道这一点；于是东汉末年，就发明了反切。从反切底发明，把一个个的字音确定了；于是韵书——如李登《声类》和吕静《韵集》之类——就出来了，所谓宫商角徵羽或平上去入的字调被确定了，而讲究四声八病的永明体的诗篇，才从沈约、王融、周颙、谢朓们的手上开创了，而完全律体的诗篇，才从唐初沈佺期、宋之问的手上构成了。这也是外族文学影响及于中国文学底一个证据。复次，中国底诗篇，很少无韵的。但是印度佛教经论翻译者，于翻译偈颂的时候，知道译诗用韵，牵掣很多，难免使原文失掉真相，所以废止了用韵，而在中国文学史上发生了许多翻译的说理或叙事的无韵诗，虽然因为不名为诗，而在中国文坛上差不多无人摹仿，但是也不能说于中国文学全无影响的。至于近来诗篇小说和戏剧，无一不受东西洋各国文学底影响，更不必说了。

按:《佛所行赞经》二十八品，全部是无韵的五言叙事诗。《佛本行经》三十一品，也是无韵的叙事诗，其中大部分是五言的，小部分是七言的，而间或夹着四言的长行叙事。所以《佛本行经》底形式，是和弹词很相近的。又按：近人罗振玉氏印行的《敦煌零拾》中，有《季布歌》残卷一种，《佛曲》残卷三种。《季布歌》全是有韵的七言句，用当时的人话，叙述汉代季布避难自卖为奴的故事，和现有弹词底句调非常相似。佛曲三种，都是有长行，有偈颂的。长行中散体、律体（四六句）并用，人话、"鬼话"相参。偈颂中有七言的，有五言的，有六言的，又有以两个三言句作一行的，一律用韵。它们底形式，和《明妃传》残卷完全相同。可见这是那时候一种流行的格式，而都是摹仿佛教经论的。《古杭梦游录》说，说话有四家：(1) 小说；(2) 说经；(3) 说参（参是参禅）；(4) 说史。大约《明妃传》是小说，《佛曲》三种是说经，《季布歌》也许就是说史；而《季布歌》是摹仿《佛所行赞经》的，《明妃传》和《佛曲》是摹仿《佛本行经》的，不过有韵这一点，却和它们不同罢了。

（七）读《楚辞韵例》和《楚辞文艺杂论》

近来看见两篇关于《楚辞》律声 Rhythm 的文章，一篇是沅君君底《楚辞韵例》（北京大学研究所《国学门月刊》第一卷第二号），一篇是叶溯中君底《楚辞文艺杂论》（《景风季刊》第一、二期合刊）。这两篇文中，证明《楚辞》用韵的举例，都不免有点错误；而叶溯中君讲分步和抑扬律的地方，更觉得太别出心裁了。现在分别指出如下。

（1）《楚辞韵例》 这篇文中的错误，大约有两种：（一）以无韵为有韵；（二）以不同韵为同韵。例如所举句中韵例底四例中，有《大招》一例，以——

魂兮归来，无东无西，无南无北只。

底"西"和"北"为协韵，并举《淮南子》底——

万民猖狂，不知东西；交被天和，食于地德。

和汉乐府《江南》底——

鱼戏莲叶东，鱼戏莲叶西，鱼戏莲叶南，鱼戏莲叶北。

为证。她以为"周季去汉初未远，其韵当无大殊"。但是《大招》是否周末的作品，本是一个问题，据我底推测，大约是汉人摹仿《招魂》而作的，但这和本问题没有什么关系。按：

《淮南子·俶真训》原文是——

> ……万民猖狂,不知东西;含哺而游,鼓腹而熙;交被天和,食于地德;不以曲故,是非相尤;茫茫沉沉,是谓大治。

这一段文章,用的是之咍韵,和西字所属的真文韵并不相通。所以首两句咱们不能认它是有韵的。因为《淮南子》虽然很多用韵的句子,但并非全体用韵;而且于一段有韵的文字中,常常间杂着无韵的句子。如《原道训》中——

> 约而能张,幽而能明,弱而能强,柔而能刚;横四维而含阴阳,纮宇宙而章三光;甚淖而㴿,甚纤而微;山以之高,渊以之深,兽以之走,鸟以之飞,日月以之明,星历以之行,麟以之游,凤以之翔;泰古二皇,得道之柄,立于中央;神与化游,以抚四方。

前后都用阳唐韵,中间"微"和"飞"相协,也是有韵,但"山以之高,渊以之深"二句,却是无韵的。咱们不能硬扭"高"字或"深"字为和"微"、和"飞"相协。又如《俶真训》中:

> 是故以道为竿，以德为纶，礼乐为钩，仁义为饵，投之于江，浮之于海，万物纷纷，孰非其有？

首两句也是无韵的。咱们不能硬扭"竿"字或"纶"字为和"饵""海"、和"有"相协。又如同篇中——

> 夫天之所覆，地之所载，六合所包，阴阳所呴，雨露所濡，道德所扶。

首两句也是无韵的。咱们不能硬扭"覆"字或"载"字为和"呴""濡"、和"扶"相协。所以同样，咱们也不能硬扭"西"字为和"熙""德""尤"和"治"相协，更不能借此证明"西"和"北"可以相协。要知道即使退一百步，承认"西"可以和之咍韵的字，偶然相协；但是不能牵率了之咍韵中全部的字，都和真文韵中的"西"字联起宗来。至于《江南》诗中的后四句，实在也是无韵的。要说《江南》全体有韵，不如说前三句中——

> 江南可采莲，莲叶何田田，鱼戏莲叶间……

底"莲""田"和"间"，和下四句底四个"莲"字相协，或前两句中的"可"和"何",和后五句中的五个"戏"字相协。所以这个举例,是错在以无韵为有韵。其次,如六句连协例底第一例,以《九歌·东君》中——

　　青云衣兮白霓裳,举长矢兮射天狼,操余弧兮反沦降,援北斗兮酌桂浆,撰余辔兮高驰翔,杳冥冥兮以东行。

底"降",为和"裳""狼""浆""翔"和"行"相协,并举《毛诗·周颂·烈文》诗中以"皇"和"邦"、"崇"和"功"相协为证,不知《烈文》篇是纽韵兼用的。原文是——

　　烈文辟公,锡兹祉福;惠我无疆,子孙保之;无封靡于尔邦,维皇其崇之;念兹戎功,继序其皇之;无竞维人,四方其训之;不显维德,百辟其刑之。于乎前王不忘!

此诗"公"和"疆"同组,"福"和"保"同组,"保"和"邦"同组,"邦"和"崇"同韵,"崇"和"功"同韵,"皇"和"训"、和"刑"同组;而末句是后面《天作》一篇篇末的错简,应该在《天作》篇"子孙保之"一句底下面的。所以并非以"望"和"邦"、"崇"和"功"为韵,不能举以为证。如果照沇君君底说法类推，不是也可以说"公""福""疆""保"四字为韵，"人""训""德""刑"四字为韵，而韵部竟是凌乱得毫无疆界了吗？因此，"降"字不可以认为是韵。又如十句间协例底第五例，以《大招》底——

　　姱修滂浩，丽以佳只；曾颊倚耳，曲眉规只；滂心绰态，姣丽施只；小腰秀颈，若鲜卑只；魂乎归来，思怨移只。

底"施"和"移"，为和前后的"佳""规"和"卑"相协。其实这两者本不同韵，咱们可以说它们是两协相间，不可以说它们是同韵。又如连协例第一例，以《九歌·少司命》中——

　　入不言兮出不辞，乘回风兮载云旗，悲莫悲兮生别离，乐莫乐兮新相知。

底"离"，为和"辞""旗"、和"知"为韵。其实"离"字在歌戈韵，此句本是不用韵的，不必强扭为韵。虽然《老子》中有这样的用法，但《老子》所用，是恰当应该用韵的地位，而此处却不是在必须用韵的地位上，不必强扭。试看《离骚》中——

固时俗之流从兮，又孰能无变化？览椒兰其若兹兮，又况揭车舆江离！

《招魂》中——

　　仰观刻桷，画龙蛇些；坐堂伏槛，临曲池些；芙蓉始发，杂芰荷些；紫茎屏风，文绿波些；文异豹饰，侍陂陁些；轩辌既低，步骑罗些；兰薄户榭，琼木篱些；魂兮归来，何远为些！

离声或離声的字，都和歌戈韵的字相协，不会忽然和支韵的字相协的。又如二三四相协例底第四例，以《九章·涉江》中——

　　余幼好此奇服兮，年既老而不衰；带长铗之陆離兮，冠切云之崔巍。

底"離"，为和"衰"、和"巍"相协，错误也和上述相同。这些都是以不同韵为同韵的。

　　（2）《楚辞文艺杂论》　这篇文中一部分的错误，和《楚辞韵例》相同，也是误以不同韵为同韵。例如以《九歌·河伯》中——

> 鱼鳞屋兮龙堂，紫贝阙兮珠宫，灵何为兮水中？

为三句一韵。"堂"和"宫"、和"中"不同韵，此处第一句不协韵，不必强扭。又如以《天问》中——

> 天式从横，阳离爰死；大鸟何鸣？夫焉丧厥体？

底"横"和"鸣"为一三相协。"横"从黄声，在阳唐韵，和"鸣"字不同韵，不能强扭为相协。又如以《九章·涉江》中——

> 被明月兮佩宝璐；世混浊莫吾知兮，吾方高驰而不顾；驾青虬兮骖白螭，吾与重华游兮瑶之圃。

底"知"和"螭"为二四相协。离声的字在歌戈韵，前边已经说明；此处"知"和"螭"两字，又不在必须相协的地位上，不必强扭它们为相协。至于他底分步 Foot，主张于单音步和两音步以外，还有三音步。这虽然不很合理，但是并非他所独创，且不去管它。然而他把句子中的句首助字、句末助字以及介字和连字等，都不算在步内。例如《离骚》中——

> 帝高阳——〔之〕——苗裔〔兮〕，
> 朕——皇考——〔曰〕伯庸；
> 摄提——贞——〔于〕——孟陬——〔兮〕，
> 〔惟〕——庚寅——吾——〔以〕降。

第一句只认为两步句，第二句、第三句和第四句只认为三步句，而以"之""兮""曰""于""兮""惟"和"以"等字。只等于零（原文此字缺，不知是否零字），这是颇觉无从索解的。不过最算得别出心裁的，还在他讲抑扬律的一段。他说：

> 二音步的抑扬，原有扬抑格（Frochee）及抑扬格（Lambus）的分别。在外国诗中最通用的是抑扬格，在《楚辞》中亦然；例如"芳草""众芳""飞龙""旧乡""先鸣""永叹""多艰"，开卷即是。至于扬抑格，如"荪美""理弱""媒拙"则甚少（钞者按：钞到这里，我要打一个岔，请读者诸君猜猜看，他所谓抑扬格和扬抑格，是什么东西？从上面所举的例中看得出来吗？——少安毋躁，他接着就

有很奇妙的解释了），这也是中国词的结构的限制（凡词有一实字一状况字构成者，则形容词为抑，名词为扬；副字为抑，动词为扬，这是我的杜撰的规律，但施于口吻，事实如此）。在《楚辞》中还有一种特别的扬扬格及抑抑格，例如：

（ㄅ）合二同类词而成者，如"绳墨""萧艾""辔衔""变易""辽远"等字，读时扬则皆扬，抑则皆抑。

（ㄆ）合双声叠韵而成者，如"憭慄""参差""零落""容与""耿介""蟋蟀""慌惚""婵媛"等词，上下字无抑扬之分。

（ㄇ）叠用二字者，如"默默""营营""忧忧""悃悃""婉婉"之类，自无抑扬之别。

现在咱们可以明白他底别出心裁的一条歧路了，就是从意义上去讲抑扬。愚笨的我，向来只知道所谓抑扬，是声音方面的事情。在希腊文、拉丁文的诗中，是以短音为抑，长音为扬的；在英文的诗中，是以轻音为抑，重音为扬的；那么，比照而类推起来，中国文的诗中，是应该以平声为扬，仄声为抑的。不料现在叶君竟能别出心裁，从意义上去分别抑扬。那么，假如愚笨的我，或许聪明起来，从他底别出心裁上，学得一个乖，不是也可以从形体上去分别抑扬吗？我想，或者以笔画少的字为抑，笔画多的字为扬；或者以形状扁的字为抑，形状方的字为扬，都是可能的吧。于是从听的抑扬以外，既有想的抑扬，而又有看的抑扬；不是声音的抑扬，从此不能专利，而又有意义和形体两方面的抑扬和它鼎足称雄吗？

（八）关于"八病"的诸说

南齐永明年间，沈约、王融、谢朓诸人，创了所谓八病底禁忌。后世的诗人，固然不曾遵守他们底规律，就是当时的诗人，甚至他们自己，也不能完全遵守：所以它不过是历史上的一种陈迹罢了。然而在中国文学史上，毕竟有这么一种痕迹，所以咱们也得明白它是怎么一回事。

不过正因为它已经成为陈迹的缘故，所以后人底解释，竟是异说纷纭，一千五百年来，不曾得到一个的解。我在《文学周报》178期上，曾经写过一篇《八病正误》，根据沈约底《宋书谢灵运传论》中所说，"一简之内，音韵尽殊，两句之中，轻重悉异"的话，来解释它，大概是比较正确的。但是历来的各种异说，也有知道的必要，所以现在从日本儿岛献吉郎底《中国文学考·韵文考》第十七章，节译关于八病的诸说如下。

所谓八病是——

（一）平头 （二）上尾 （三）蜂腰 （四）鹤膝 （五）大韵 （六）小韵 （七）傍纽 （八）正纽

（一）平头　指一联中上停（就是句）头两字和下停头两字同声。例如《古诗十九首》中的——

今日良宴会，欢乐难具陈。

"今"和"欢"同是平声，"日"和"乐"同是入声，这就是平头的病。然而平头有三说。（1）单以第一字为主，以上停第一字和下停第一字同声为忌。这是《丹铅总录》和《艺苑卮言》所说，以为王维《观猎诗》中——

风劲角弓鸣，将军猎渭城。

第一字"风"和"将"同声，是犯此病的。大江匡衡曾经和纪齐名论诗病说：

平头有二等之病：上句第二字与下句第二字同声者，巨病也，必避之；上句第一字，下句第一字同上去入者，虽为病之文，不避之。

可见第一字说，不必是平头中主要的一说。（2）单以第二字为主，指上停第二字和下停第二字同声。这是《二中历》所说，就是大江匡衡所谓巨病。后世的律体诗，都是避去此病（按：律体诗中所避，只是不同用平声和不同用仄声）的。（3）兼以第一字、第二字为主。李淑底《诗苑类格》，僧空海底《文镜秘府论》，以及《诗人玉屑》《冰川诗式》《诗法度针》《作文大体》和《拾芥钞》所说，都是这样。

（二）上尾 这有两说。（1）以一联中上停尾字和下停尾字同声为病，但所忌的只是不押韵的一停底尾字和押韵的一停底尾字同声。这是《文镜秘府论》《作文大体》《二中历》《拾芥钞》《诗人玉屑》《丹铅总录》《艺苑卮言》《冰川诗式》和《诗法度针》等诸书所主张的。《古诗十九首》中的——

> 西北有高楼，上与浮云齐。
> 行行重行行，与君生别离。
> 青青河畔草，郁郁园中柳。

都是犯此病的。这在齐梁以前，往往有犯此病的，而齐梁以后，大概犯的少了——尤其是在近体中。但是起停押韵的时候，不在此限。例如汉代蔡邕底《饮马长城窟行》底——

> 青青河边草,绵绵思远道。

以及宋代鲍照底《东武吟》底——

> 主人且勿喧,贱子歌一言。

都是。(2)以在押韵的一停底上和下两停之尾连用同声为病,所忌的就是第一停底尾字和第三停底尾字连用同声。如班婕妤底《怨歌行》中——

> 新裂齐纨素,皎洁如霜雪。
> 裁为合欢扇,团团似明月。

"素"和"扇"都是去声,是犯上尾的病的。这是仇兆鳌底《杜诗详注》所说;但是《文镜秘府论》和《诗人玉屑》等,都称此病为鹤膝。那末,仇注是不可从的。

(三)蜂腰 这有三说。(1)在五言停中,第二字和第五字忌用同声。因为五言停是以上二字和下三字构成一句的,所以蜂腰的病,也可以说是一停中的上尾。它所以称为蜂腰,是因为两头大而中间细,有似于蜂腰。例如——

> 青轩明月时。

"轩"和"时"两字都是平声,

> 窃独自雕饰。

"独"和"饰"两字都是入声,

> 远与君别者。

"与"和"者"两字都是上声:都是犯蜂腰的病的。然而平声底触犯,还是可恕;上声、去声和入声,都是必须避去而不可犯的。这是《诗苑类格》《文镜秘府论》《诗人玉屑》《丹铅总录》《冰川诗式》《二中历》和《拾芥钞》等所主张的。(2)不论五言和七言,第二字和第四字忌用同声,而求合乎近体所谓"四二不同"的声律。这是《作文大体》和《艺苑卮言》所倡导,而《文镜秘府论》也取为一说。(3)以五言停底首尾都是浊音,而中一字独是清音为忌。这是蔡宽夫《诗话》所说,而《诗法度针》所取的。

(四)鹤膝 这有四说。(1)以第一停底尾字和第三停底尾字同声为病,就是不押韵的两停底尾字,忌用同声。这是《文镜秘府论》《二中历》《拾芥钞》《诗人玉屑》《丹铅总录》《艺苑卮言》和《冰川诗式》所主张,以为因为两头细中间粗，有如鹤膝而命名的。例如《古诗十九首》底——

> 涉江采芙蓉，兰泽多芳草。
> 采之欲遗谁？所思在远道。

"蓉"和"谁"同是平声。又如——

> 明月皎夜光，促织鸣东壁。
> 玉衡指孟冬，众星何历历！

"光"和"冬"同是平声，都是。然而《诗人玉屑》《艺苑卮言》和《冰川诗式》，都举《古诗十九首》中的——

> 客从远方来，遗我一书札。
> 上言长相思，下言久离别。

为例。而它们底说明，有第五字不得和第十五字同声的话，是《文镜秘府论》以下七书所同然的。其实它们所谓第五字，不必限定第一停，第十五字也不必限定第三停；第三停和第五停，第五停和第七停底关系，也像第一停和第三停，都应该鳞次地避去，是可以推见的。例如戴叔伦底《除夜宿石头驿》：

旅馆谁相问？寒灯独可亲。一年将尽夜，万里未归人。寥落悲前事，支离笑此身。愁颜与衰鬓，明日又逢春。

又如王维底《送杨少府贬郴州》：

明到衡山与洞庭，若为秋月听猿声。愁看北渚三湘远，恶说南风五两轻。青草瘴时过夏口，白头浪里出溢城。长沙不久留才子，贾谊何须吊屈平！

前者"问""夜""事"和"鬓"四字都是去声，后者"远""口"和"子"三字都是上声，并是鹤膝病。

但是这种鹤膝病，在最注意声律的梁陈的诗人，尚且犯而不避的颇多。例如徐陵底《横吹曲》：

陇头流水急，水急行难度。半入隗嚣营，傍侵酒泉路。心交赠宝刀，少妇裁纨绔。

在第三停和第五停，是犯鹤膝的。其他谢朓、任昉、王融、刘孝绰、温子昇、邢邵和魏收等底作品，不避此病的也颇多，见于《文镜秘府论》所举。况乎在唐代如王维底《温泉寓目》：

> 新丰树里行人度,小苑城边猎骑回。闻说甘泉能献赋,悬知独有子云才。

不但"度"和"赋"两字同声,而且两字同属遇韵,这是鹤膝底尤甚的。(2)以第五字和第九字同声为病。例如《古诗十九首》中的——

> 客自远方来,遗我一书札。

"来"和"书"两字同是平声,这是《诗苑类格》所主张的。(3)如果是五言诗,那末,以上停第二字和下停第四字不同声为病,是求合乎后世所谓"二九对"底声律的。倘然是七言诗,那末,以一停中第二字和第六字不同声为病,是求合乎后世所谓"二六对"的。这是《作文大体》所首倡的。(4)以五言停底首尾,都是清音,而中一字独用浊音为忌。这是蔡宽夫《诗话》和《诗法度针》所载的。但是第二以下各说,究竟不如第一说最有势力。

(五)大韵　这有两说。(1)以一联中用韵脚以外同韵的字为病,这是《诗苑类格》《文镜秘府论》《二中历》《诗人玉屑》和《冰川诗式》等之说。例如一联中如果以"新"字为韵,那末,上九字中忌用"人""津""身"和"陈"等字。

《古诗十九首》中的——

> 良无磐石固，虚名复何益。

"石"和"益"同是陌韵的字，已经以"益"字押了韵，在上九字中不得再用石字。果然如此，那么，一韵到底的诗，一篇中除韵字以外，不得用同韵的字了。（2）以上停第一字和下停第五字同韵为忌，这是蔡宽夫《诗话》和《诗法度针》之说。例如阮籍《咏怀诗》中的——

> 微风吹罗袂，明月耀清晖。

"微"和"晖"同韵，于上停第一字和下停第五字犯大韵的病。然而我以为第二说可以把它作第一说底一部分看。为什么呢？于一联之中，韵字以外，独限上停第一字，是无理由的。

（六）小韵　这也有两说。（1）《诗苑类格》《诗人玉屑》《冰川诗式》《文镜秘府论》和《二中历》等之说，是一联中从第一字到第九字忌用同韵的字。例如陆机《拟古歌》中的——

> 嘉树生朝阳，凝霜封其条。

以"阳"和"霜"同韵，是犯小韵的病。（2）蔡宽夫《诗话》和《诗法度针》之说，上停第四字和下停第一字忌用同韵的文字。例如阮籍《咏怀诗》中的——

薄帷鉴明月，清风吹我襟。

以"明"和"清"同韵，于上停第四字和下停第一字犯着病累。但是第二说恐怕是只窥了第一说中的一斑而立说的吧。不必只限定上停第四字和下停第一字，也和大韵第二说相同。

（七）旁纽——一名大纽 此病是于一停或一联中已经有了"月"字，忌再用"鱼""元""阮"和"愿"等字，就是禁用隔字的双声文字。因为用非隔字的双声熟语，是不算病犯的。例如"居"和"佳"是双声，"殊"和"城"是双声。而曹植诗中——

壮哉帝王居，佳丽殊百城。

是犯旁纽的病的。

（八）正纽——一名小纽 此病是于两停中忌用一纽的文字。所谓一纽，指一音变而为四声，例如"金""锦""禁"和"急"是一音底平上去入，便称为一纽。梁简文帝诗中——

> 轻霞落暮锦，流火散秋金。

"金"和"锦"是一纽的文字，是犯正纽的病的。《文镜秘府论》举刘氏之说说：

> 正纽者，凡四声为一纽，如"任""荏""衽""入"。五言诗一韵中已有任字，即九字中不得复有"荏""衽""入"等字。

很能说明正纽。唐神珙《四声五音九弄反纽图序》说：

> 旁纽者是双声。正在一纽之中，旁出四声之外。旁正之目，自此而分清浊也。

是很能辨明正纽和旁纽底分别的。

综观以上诸说，大约平头底第三说，上尾底第二说，大韵底第一说，小韵底第一说，都是对的。至于蜂腰、鹤膝、旁纽和正纽四病，我以为诸说未必对。

蜂腰是指五言诗一联中第三字和第八字同声的病。例如——

> 闻君爱我甘，窃欲自雕饰。

"爱"和"自"都是去声，正在上下两停底腰上，所以叫做蜂腰。鹤膝是指五言诗一联中第四字和第九字同声的病。例如——

> 客从远方来，遗我一书札。上言长相思，下言久离别。

"方"和"书"都是平声，"相"和"离"也都是平声，正各在上下两停底膝上，所以称为鹤膝。正纽是指五言诗一联中不相连地用同一纽（就是正双声，如同属端纽或同属明纽之类）的字的病；傍纽是指五言诗一联中不相连地用同一音类（就是准双声，如虽不同属端纽，而一属端纽，一属定纽或透纽，虽不同属明纽，而一属明纽，一属并纽或帮纽或滂纽之类）的字的病。例如——

> 今日良宴会，欢乐难具陈。

"良"和"乐"同属来纽，是犯正纽的病。"今"属见纽，"具"属群纽，虽不同属一纽，而同属浅喉音类；"会"属匣纽,"欢"属晓纽,虽不同属一纽,而同属深喉音类,都是犯旁纽的病。又如——

青青河畔草,郁郁园中柳。

"青"和"草"同属清纽,是犯正纽的病。"河"属匣纽,"郁"属影纽,"园"属喻纽,虽不同属一纽,而同属深喉音类,是犯旁纽的病。因此,前四病都是指五言诗一联内相当的两字(就是一和六、二和七、三和八、四和九以及五和十)同声的病;五和六两病是指一联内用同韵的字的病,就是叠韵的病;七和八两病是指一联内用同纽的字的病,就是双声或准双声的病。沈约《宋书谢灵运传论》中说:

两句之中,轻重悉异;一简之内,音韵尽殊。

前者是指不犯前四病而言,后者是指不犯后四病而言。因为两停中每位置相当的两字各不同声,便是"轻重悉异";不犯五和六两病,便是"韵底尽殊";不犯七和八两病,便是"音底尽殊"。这样解释,才和沈氏八病底本旨相符。

不过这所谓八病,实不为后人所遵用。即使沈氏自己以及和他同作主张的王融和谢朓之流,也并不严守这种规律。后来解释的人,所以异说纷纭,也正因为无人遵用的缘故。

不然，如果人人遵用，何至于不能得到确解呢？

（九）中国诗篇底分步

中国诗篇底分步，只须有单音步和两音步两种，而不必有三音步。因为既有三音，便可分为一个两音步和一个单音步，而不必将三音合作一步。大约英文诗中所以有三音步，因为有扬抑抑格、抑抑扬格和抑扬抑格，在一停中以扬抑抑三音或抑抑扬三音或抑扬抑三音作若干度的反复，所以以扬抑抑三音或抑抑扬三音或抑扬抑三音各作为一个三音步。但是中国诗篇中抑扬底反复，不是如此。分步和抑扬底反复无关，所以不必有三音步。

但是分步的方法，却有两种。所以分为两种，是因为中国诗篇有合乎语言底自然和不合乎语言底自然的两种。所谓不合乎语言底自然的，就是五七言古近体诗和词曲底一部分。所谓合乎语言底自然的，就是《毛诗》底一部分、《楚辞》和近来的人话自由诗或散文诗。不合乎语言底自然的，完全以音节为主，和意义无关。例如——

玉阶/闻坠/叶，罗幌/见飞/萤。

粉墙/犹竹/色，虚阁/自松/声。

江山/清谢/朓，草木/媚丘/迟。

人烟 / 寒橘 / 柚，秋色 / 老梧 / 桐。

金阙 / 晓钟 / 开万 / 户，玉阶 / 仙仗 / 拥千 / 官。

野庙 / 向江 / 春寂 / 寂，断碑 / 无字 / 草芊 / 芊。

静爱 / 竹时 / 来野 / 寺，独寻 / 春偶 / 过溪 / 桥。

想行 / 客过 / 梅桥 / 滑，免老 / 农忧 / 麦陇 / 干。

其中"坠叶""飞萤""竹色""松声""谢朓""丘迟""橘柚""梧桐""万户""千官""寂寂""芊芊""爱竹""寻春""野寺""溪桥""行客""老农"等都因为音的缘故，而各各截断，分属两步，并不按着意义，把它们各各自成一步。可是合乎语言底自然的，却不是如此分步了。例如——

缁衣 / 之 / 宜兮，敝，予又 / 改为 / 兮；适子 / 之 / 馆兮，还，予 / 授子 / 之 / 粲兮。

坎坎 / 伐檀 / 兮，置之 / 河之 / 干兮，河水 / 清且 / 涟猗；不稼 / 不穑，胡 / 取禾 / 三百 / 廛兮？不狩 / 不猎，胡瞻 / 尔庭 / 有 / 县貆 / 兮？彼 / 君子 / 兮，不 / 素餐 / 兮。

帝 / 高阳 / 之 / 苗裔 / 兮。朕 / 皇考 / 曰 / 伯庸；摄提 / 贞于 / 孟陬 / 兮，惟 / 庚寅 / 吾以降；皇 / 览揆 / 余于 / 初度 / 兮，肇 / 锡余 / 以嘉名；名余 / 曰 / 正则 / 兮，字余 / 曰 / 灵均。纷 / 吾既 / 有此 / 内美

/兮，又/重之/以/修能；扈/江离/与/辟芷/兮，纫/秋兰/以/为佩。

归巢/的/鸟儿，尽管/是/倦了，还/驮着/斜阳/回去。

双翅/一翻，把/斜阳/掉在/江上，头白/的/芦苇，也/妆成/一瞬/的/红颜/了。

离了/我来/你可/闷/不闷？见了/我来/你可/亲/不亲？我/走了/你可/恨/不恨？在/人前/不知/你可/问/不问？想我/的/心肠/不知/你可/真/不真？我/想你/不知/你可/信/不信？我/想你/不知/你可/信/不信？

这样的分步，自然和前面的不同。但是这依然不是按着语言的意义而分，而只是按着语言自然的音节而分。所以分步的事，毕竟是属于音节的，和语言内容的意义无关。换句话说，就是咱们读诗的时候怎样读，步就怎样分。

附　录

《抒情小诗》序

几千年来被压在礼教的磐石下面的中国人底男女之情，差不多不敢堂堂皇皇地表现，然而情苗是压不住的，礼教的磐石，无论怎样大而且重，它总要横抽侧进地从磐石底裂缝里、罅隙里钻出来，所以从《国风》《离骚》以后，历代诗坛中，也不少抒情的作品。不过这些作品，一经到了卫道的礼教之奴的冬烘先生们眼睛里，即使幸而不被指为淫奔之诗，也一定要被硬派作君臣、朋友间的寄托。所以抒情诗底名目，一向不曾在中国文学史上出现。

到了最近，这一块腐朽的磐石，已经被新时代的潮流冲击得崩裂了，他底运命已经垂尽，不能压住情苗底森森怒长了，于是一般的新诗人，都很大胆地作起抒情诗来。又因为诗体解放，可以用新工具充分地自由表现，所得的成绩，往往远胜于旧体的抒情作品。这是中国现代诗坛上最可喜的现象。

然而因为这种革新运动，所经的时期，毕竟还是很短，所以作品不见很多，而长篇的作品，尤其不多。因此，我底朋友猛济选的新体抒情诗集，只限于小诗。虽然他底专选小诗，还有他种重要理由，我却以为这也是现在只能专选小诗的一个缘故。

可是我对于这本《抒情小诗》，觉得还有一种缺陷，就是女性底作品太少。中国底女性，所受的礼教压迫底荼毒，比较男性所受的，本来更深更重，所以比较地不容易解放，比较地不敢肆无忌惮地有抒情的表现，这原不是选者之过。然而我总希望男女之情，两性间双方平均地发抒出来！中国现代的女性新诗人呵，你们不要再甘心屈服在运命垂尽的腐朽的磐石下面，一齐起来抽迸那久郁深藏的情苗啊！

一九二二，一一，二〇，在萧山街前。

《蛋歌》序

读了《毛诗》中的十五《国风》和汉魏六朝乐府中所收的一部分民间歌曲以后，便觉得从唐代以后，无数的民间歌曲，被忽视了，被遗弃了，实在是中国文学史上绝大的憾事。然而"往者不可谏，来者犹可追"，对于已往的抱憾，是无益的了，咱们只有从现在努力起来，希望而今而后，不要再蹈往辙！

《清商曲辞》中的《吴声歌曲》和《西曲歌》，咱们已经觉得它们微有不同，再把它们和《横吹曲辞》中的《梁鼓角横吹曲》相比，便觉得显然地不同了。即此，咱们可以知道地域或民族底不同，能使文学作品底内容和外形都有差异，正和时代变迁而文学也跟着变迁一样。其实，《毛诗》中的十五《国风》，仔细观察起来，他们各国相与之间，也是很有不同的，不过咱们贵国的文人们，对于时代的观念，已经不很清楚，而对于地域、民族底差异，尤其不加注意，所以文学上纵的比较研究，向来不多，而横的比较研究更少。十五《国风》或六朝时南北民间歌曲底横的比较研究，从前竟是没人谈及。这种工作底开始，不能不希望于最近的将来。

这最近的将来的工作，可分为两部分。（一）就原有的旧材料如《国风》《吴声歌曲》《西曲歌》《梁鼓角横吹曲》等，加以横的比较研究，并于旧籍中搜寻可供这种比较研究的材料，以求略补过去的缺陷。（二）努力搜辑现代的新材料，编成新的省风、县风、乡风或族风，以作横的比较研究底新预备。这两种工作，实在同样的重要，不能分什么轩轾。

清代乾隆间罗江李调元所辑的《粤风》四卷，是那个时代两粤的省风，其中含有《粤歌》《蛋歌》《"猺"歌》《狼歌》《"獞"歌》各部分，又是粤人和蛋、"猺"、狼、"獞"各族底族风。在那个时代，能有这样的搜辑，以作后人横的比较研究底材料，实在是不可多得的。但是其中《蛋歌》一部分，所搜辑的只有三首，不及其余各部分之多，所以仅仅附庸于《粤歌》之中，而且似乎都是从前人底笔记和诗话中转录下来，不是出于直接的搜采的。关于这一点，只认《粤风》为旧材料，已经使咱们感觉到不满足了，何况咱们还有搜辑新材料的需要呢！

友人钟敬文君，是一位很注意于民间的故事和歌谣而勤于搜辑的人。他是一个粤人，所以他所搜辑的，偏于广东方面，这一册《蛋歌》，是他三年来苦心搜辑而结集起来的。他底工作，不但能弥补李氏《粤风》中《蛋歌》旧材料不满足的缺陷，而且能作蛋族族风新材料底供给，在民间文学横的比较研究上，功绩是不容藐视的。

《蛋歌》底内容和外形，在钟君底《中国蛋民文学一脔》——见原书附录（一）——里，已经说及，也不消我再多说了。在这里所要说的，是钟君底《已见著录的蛋歌》——见原书附录（二）——底一点补充。李氏所辑的《粤风》第一卷中《蛋歌》三首，其中第一、第二两首，和原书附录（二）的第一、第三两首相同；而第三首却为原书附录（二）所不载。现在把这一首录出如下，以作已见著录的蛋歌底补充。

> 鹿在高山吃嫩草，
> 相思水面缉麻纱；
> 纹藤将来作马□，
> 问娘鞍落在谁家？

可惜，我所见的钞本上第三句末字是缺的。李氏于《蛋歌》题目后有一段说明说：

> 蛋有三：蚝蛋、木蛋、鱼蛋。寓浮江者乃鱼蛋，未详所始；或曰"蛇种，故祀蛇于神宫也"。歌与民相类，第其人浮家泛宅，所赋不离江上耳。广东、广西皆有之。

蛇种的话，咱们可以不必管它，但蛋有三种，却能指示咱们以蛋族底类别。又，明末番禺屈大均所撰的《广东新语》第七卷《人语》，称蛋民为蛋家贼，指他们为广中各种无巢穴之盗中的一类。他说：

> 蛋家本鲸鲵之族，其性嗜杀。彼其大艜小艑，出没波涛；江海之水道多歧，而罟朋之分合不测；又与水陆诸凶渠相为连结；我哨船少则不能蹑其踪

迹，水军少亦无以当其锋锐。计必兵恒有余于盗，毋使盗恒有余于兵……而蛋人则编以甲册，假以水利，每十艇为一队，十队为一长，画川使守，略仿洪武初以蛋人为水军之制，择其二三知勇者，为之大长，授以一官，俾得以军律治其族，与哨船诸总，相为羽翼……

从这一段记载中，知道蛋民在明代初年，曾经编为水军，在明代末年，又曾经营过强盗生活，使咱们更明了一点蛋民历史上的性质了。至于钟君《已见著录的蛋歌》底第二首，也见于《广东新语》中：

其蛋女子荡恣如吴下唱《杨花》者，曰《绾髻》。有谣曰（文全同《已见著录的蛋歌》第二首，特省去）。桨者，摇船也，亦双关之意；滘者，觉也。

钟君说是见《粤东笔记》，大约《粤东笔记》正是从《广东新语》转录而来，而此歌还是明代的《蛋歌》。其次，清代小说中，有所谓《岭南逸史》的，书中第三卷第十回，也载有《蛋歌》四首，其中第一首和《广东新语》所引的大同小异。现在把这四首《蛋歌》，一并录出如下：

手捻梅花春意闹,

生来不嫁随意乐;

江行水宿寄此身,

摇橹唱歌桨过溏。

——其一

官人骑马到林池,

斩竿削竹织筲箕;

筲箕载绿豆,

绿豆恨相思;

相思有翼飞开去,

只剩空笼挂树枝。

——其二

云在水中非冒①影,

水流影动非身情;

云去水流两自在,

云何负水水何萦!

——其三

---

① 冒,无也。

> 拨棹珠江十二年，
> 惯随流水逐婵娟；
> 青蘋^①难种君莫种，
> 惬雨堪怜君莫怜。
>
> ——其四

第一首和《广东新语》所引不同的五字，而其余三首，似乎和《蛋歌》底本色，不很相同。按：《岭南逸史》，署花溪逸士编次，卷首有乾隆甲寅西园老人序一篇，序中称作者为黄子，大约作者是他底同时人，惜乎有姓无名，一时无从考证了！卷首又有《凡例》四则，前两则说：

> 一、是编悉依《霍山老人杂录》《圣山外记》《广东新语》及《赤雅外志》、永安罗定省府诸志考定……
> 一、诗词歌谣有可考者悉入之，其不可考及辞意未畅者，则以己意足之，以成大观。

那么，这四首《蛋歌》，或许是那位作者以己意足之

---

① 蘋，草头也。

的——至少也是删改过的——呢，但是咱们虽然不能当它作正材料看，也可以当它作副材料看的，因为这位黄君，大约总是一个广东人，即使是他所仿制的《蛋歌》，也不失为粤风底旧材料哩。

这一点补充，当然不能使钟君和读者满意，但是咱们如果继续着有别的发见，或是钟君更有新的搜辑，仍将贡献于读者之前。

一九二六年一月十日刘大白在上海江湾复旦大学。

按：明代南海邝露所著《赤雅》上编《蜒人》一节说：

> 蜒人神宫，画蛇以祭，自云龙种。浮家泛宅，或往（一本作住）水浒，或住水澜（一本作栏）；捕鱼而食，不事耕种，不与土人通婚。能辨水色，知龙所在；自称龙神（一本有人字），籍称龙户；莫登庸，其产也。

这话和李调元氏所说的相类，也许李氏"祀蛇于神宫"的话，就是从此而出。其实蛋人神宫中所画的蛇，不过是野蛮民族底图腾罢了。蛇本作它，古音同佗，是 D 发音；龙从童声，古音也是 D 发音；"蛇""龙"和"蛋"都是一音之转。所以蛋人也许本来叫作蛇人或龙人,后来音转为"蛋",才相沿称为蛋人。

一九二八年九月七日大白附记于杭州国立浙江大学。

《龙山梦痕》序

一

又向山阴道上行,
千岩万壑正相迎;
故乡多少佳山水,
不似西湖浪得名。

若耶溪水迎归客,
秦望山云认旧邻;
云水光中重洗眼,
似曾相识倍相亲。

约莫四年前,从杭州回到离开已久的故乡去,在船上偶然胡诌了这两首七绝。在这两首七绝里,似乎我是一个恋念故乡、讴歌故乡者,跟平时厌恶故乡、咒诅故乡的我,不免有些矛盾。然而我所厌恶、所咒诅的，是故乡底社会、故乡底城市；至于故乡底山水，我是始终恋念着、讴歌着，以为远胜于西湖的。"不似西湖浪得名"，我自信是一个确论——虽然也许是一个偏见，但是逛过西湖而"又向山阴道上行"的，不乏其人，大约其中也未始没有赞同这个偏见的吧。

我对于故乡底社会、故乡底城市，以为正跟故乡底名产臭腐乳一样，是霉烂了的——不但霉烂了，而且被满身粪秽的逐臭的苍蝇，遗下了无数蝇卵，孵化成无数毒蛆，把它窟穴而糟蹋得龌龊不堪了的，所以不但厌恶、咒诅，甚而至于骇怕了。因为厌恶、咒诅而且骇怕，甚而至于十多年来，离开了她，不敢偶起那重向山阴道上行的一念；虽然有那我所恋念、讴歌，而以为远胜西湖的山水，招魂也似的招邀着我。不得已，不得已，万不得已，而必须向霉烂了的、龌龊不堪了的故乡社会、故乡城市中一走，真无异受了森罗殿上阎罗天子底判决，被牛头马面推入臭秽不堪的沸屎地狱中去。那一次的"又向山阴道上行"，正是佛陀也似的下了"我不入地狱，谁入地狱"的决心而有这一行。

我底老家，是在作鉴湖三十六源之一的若耶溪底上游，作龙山正南面屏障的秦望山底南麓。我在这溪流山脉之间，曾经度过二十多年的看云听水的生活。

因此，故乡底社会，故乡底城市，无论怎样使我厌恶，使我咒诅，甚至使我骇怕，而若耶溪上的水声，秦望山头的云影,总不免常常在十多年来漂泊他乡的我底梦痕中潺潺地溅着,冉冉地浮着。远客言归,佳邻访旧,自然跟这梦痕中萦绕着的水侣云朋,"似曾相识倍相亲",而且也只有这梦痕中萦绕着而超然于故乡社会、故乡城市之外的水侣云朋,能跟我"似曾相识倍相亲"了。

二

龙山,也是我故乡名山之一,而且跟秦望山底北面,恰恰是一个正对,从若耶溪下游泛舟而往,不过三十里而遥,故乡生活的二十多年中,我也曾登临过多少次,似乎也应该萦绕于我底梦痕中了。然而她是很不幸的。她不幸而长在我所厌恶、咒诅而且骇怕的故乡底城市当中,不幸而沉浸在我所厌恶、咒诅而且骇怕的故乡底社会底霉烂而且龌龊不堪的空气当中,她也不免臭腐乳化了。况且,她是一座濯濯然无木——而且几乎无草——的童山;她底身上,又满缀着无数土馒头。这些土馒头底馒头馅①,又正是臭腐乳也似的社会底一部分分子底朽腐的骸骨。她身上藏垢纳污地包含着这许多朽腐的骸骨,正仿佛一方臭腐乳上窟穴着无数毒蛆。所以她虽然是一座名山,而差不多已经成了我那腐败的故乡社会、

---

① 《古诗》:"城外多少土馒头,城中都是馒头馅。"

故乡城市底代表物了。这样的一个腐败社会、腐败城市底代表物，也只能给与我以厌恶、咒诅以及骇怕，哪里有恋念、讴歌底可能？哪里有若耶溪水、秦望山云也似的"似曾相识倍相亲"底可能？——即使不幸而有时现出于我的梦痕中？

夸大狂的唐代诗人元稹，曾经说什么——

> 我是玉皇香案吏，
> 谪居犹得住蓬莱。①

> 仙都难画亦难书，
> 暂合登临不合居。②

把龙山称为仙都，比作蓬莱。虽然那时候的越州社会、越州城市，也许未必现在那么霉烂、那么龌龊不堪，值得这样一夸；但是仙都咧、蓬莱咧，已经不过是一种幻觉，把龙山称为仙都，比作蓬莱，尤其不过是一种错觉罢了。也许，因为我不是什么玉皇香案吏，没有那样的福分，所以可以称为仙都、比作蓬莱的龙山，到了我底眼底，也不幸而臭腐乳化了。

---

① 唐元稹《以州宅夸白乐天诗》。
② 唐元稹《重夸州宅酬乐天诗》。

三

在我的梦痕中臭腐乳化了的龙山，居然迁地为良，在我底朋友徐蔚南、王新甫两先生底梦境中，留下了许多美妙的痕迹；并且他俩更用美妙之笔，把这些美妙的梦痕描绘下来，成为这二十篇《龙山梦痕》的美妙的小品。虽然他俩所描绘的，不单是龙山，而兼及于那些稽山镜水，但是龙山毕竟是一个主题。龙山何幸，竟有这样美妙化的福分呢？

自然，凡人对于客观的景物的印象，往往因为主观底不同而不同；而且异乡景物，又很能引起游客们探奇揽胜的雅兴，不比"司空见惯"者有因熟而生厌的心情。他俩梦痕中的龙山，美妙如此，不外乎这两种因缘。所以我对于他俩梦痕中的把龙山美妙化，绝不能因为主观底不同和我那因熟生厌的偏见而否认它；何况更有他俩美妙之笔，给她增加美妙化呢？

情绪是一种富于感染性的东西，用美妙的文字写下来的美妙的情绪，尤其富于感染性。十多年来厌恶、咒诅而且骇怕龙山的我，读了他俩美妙的《龙山梦痕》，也不免受了他俩美妙的情绪底感染，而引起我在儿童时代所感到的一丝美妙的龙山梦痕来了。这一丝梦痕是关于龙山顶上的望海亭的。望海亭在龙山顶上，而跟它遥遥相对的，在城外北面二十里左右,还有一座梅山顶上的适南亭。这座适南亭,不知什么时候,早经失掉了它上方的栋宇,只剩下了几条石柱子矗立着。幼年的时候,从我底老家往嫁在梅山左近的五姑母家去,一路靠着船窗,左右眺望,望见龙山顶上的望海亭以后,不久就会望见这座净剩了石柱子的适南亭。那时候我底五姑母,曾经告诉我关于这两座亭子的一段故事。据说:

> 这两座亭子,本来都在王母娘娘底蟠桃园里的。它们都是明珠为顶,琉璃为瓦,珊瑚为椽,翡翠为梁,白玉为柱的宝亭。后来齐天大圣孙悟空管了蟠桃园,他因为偷吃蟠桃,被玉皇大帝降旨查办。他想,索性一不做,二不休,把这两座亭子也偷了走吧。于是从耳孔里取出金箍棒来,喝一声变,变成一条长扁担,把这两座亭子挑起,溜出南天门,向下界走来。走到此地,回头一看,后面许多天兵天将,已经奉了玉皇大帝底旨意,一窠蜂地赶来了。他因为要抽出金箍棒来,去抵敌那些天兵天将,所以只好把挑着的两座宝亭,慌忙一放,恰恰放在龙山和梅山底顶上。那些天兵天将,一时捉贼要紧,慌着追赶大圣,也不及来检取这两件贼赃。所以这两座亭子,至今留在这两座山上。不过这两座宝亭,禁不起尘世浊气底熏蒸,经过了不多的时候,那些

明珠、琉璃、珊瑚、翡翠、白玉，就渐渐变成凡间的砖瓦木石了。只有梅山顶上，因为从前有一位仙人梅福，曾经住过，还留着一点仙气，把浊气克化了一点，所以下截的柱子，虽然已经变了凡间的顽石，而上截的明珠、琉璃、珊瑚、翡翠，还不曾变动。然而正因为不曾变动，却惹起南海龙王底垂涎，不久就派了他部下的龙将，驾起一阵龙风，把那些明珠、琉璃、珊瑚、翡翠，统统抢了去，做他那修理水晶宫的材料去了。这就是龙山顶上的望海亭，至今完好，而梅山顶上的适南亭，却只剩下几条石柱子的缘故。

我那时候已经从父亲底书橱里偷看过《西游记》，很羡慕齐天大圣孙悟空底为人。听了这一段《西游记》所不载的轶话，一面觉得很有趣，一面还埋怨那《西游记》底作者，为什么不把它一并记在书里，所以至今还牢记着，成了我儿童时代的一丝美妙的梦痕。不过这一丝美妙的梦痕，虽然常常在我底脑海中浮现着，却一向只是孙悟空中心，而不是龙山中心的，如今被他俩美妙的《龙山梦痕》所感染，引起了我儿时旧梦中的一丝美妙的梦痕，不觉把它底孙悟空中心，移动而龙山中心化了。

向来的龙山，在我底梦痕中，不幸而臭腐乳化，这实在由于我那厌恶故乡、咒诅故乡，而且骇怕故乡的主观的心理所作成。其实，山灵何辜，竟不幸而蒙此不洁呢？如今他俩所写的美妙的《龙山梦痕》，使我读了，竟能把它移入于我底梦痕中，为龙山解秽，不但我感谢他俩，我那梦痕中的龙山，也是感谢他俩的。

然而对于《龙山梦痕》底作者，固然应该感谢，而我却应该怎样为龙山解秽呢？因此，我只有把儿童时代所感到的一丝美妙的龙山梦痕，写了下来，作为我对于龙山忏悔的馨香，同时，也作为我对于《龙山梦痕》底作者酬献的南金。

一九二五年九月二日在江湾。

雷峰塔倒后

一

  雷峰塔倒了！
  涌金门外，
  西子湖边；
  杨柳阴中，
  鞭丝帽影；
  藕花香里，

莲颗蒓羹；
夕照西沉，
游人未散。

这是十几年前的一回雅集，
而今记起。

败瓦颓垣，
荒堤茂草；
流民树下，
削竹抟泥；
丐妇船头，
爬螺摸蛤；
雷峰孤塔，
冷眼看人。

这是十几年后的一度重来，
当初不曾料得。

从而今想象那记起的当初，
我也不堪回首！
问当初怎变了不曾料得的而今，

>西湖也不忍开口！
>
>回首也不堪，
>
>开口也不忍，
>
>只认取当前的云散风流、星移月走！ ①

何况而今，冷眼看人的雷峰塔也倒了呢！这更是当初不曾料得的呵！

然而雷峰塔倒了以后，从它那轰然一声底余音回响里，我们又可以听到些不知谁何们底琐琐碎碎的妙语，这也是当初不曾料得的。

"雷峰塔倒了。它早也不倒，迟也不倒，恰好在一个姓孙的军阀到杭州的这一天倒了，这不是可怪的事？"

"雷峰塔倒了，白蛇娘娘又要出来唱那第二出的《水满金山》了，可怕得很！"

"雷峰塔倒了。好！那无理取闹而硬拆散人家恩爱夫妻的贼秃驴法海底权威，也毕竟有一天崩坏了！好！白蛇娘娘毕竟出头了，又可以去找到许仙，重度那恩爱夫妻的生活了，这是多么可快的事呢！"

"雷峰塔倒了，好！有许多藏着什么经文的古砖，可以供我们贩卖了。倒得可爱呀！"

---

① 《旧梦》283。

"雷峰塔倒了,好!有许多藏着什么经文的古砖,可以供我们收藏和赏鉴了。倒得可爱呀!"

"雷峰塔倒了,好!有许多藏着什么经文的古砖,可以供我们考证和研究了。倒得可爱呀!"

但是有些人却在那里以为可惜了。

"雷峰塔倒了,不打紧,把有名的西湖十景中雷峰夕照这一景给一笔勾销了。咳!可惜啊可惜!"

我呢?雷峰塔倒后的我呢?

我不是谶纬崇拜家,雷峰塔倒了,新军阀到了,会逢其适吧,有什么可怪?

我不是魔术迷信家,雷峰塔倒了,即使真有白蛇娘娘,恐怕也早化了塔下的黄土吧,哪里会再唱《水满金山》那出老戏呢?怕也无庸。

我不是《游侠传》里的抱不平家;雷峰塔倒了,如果真有白蛇娘娘,而且她底情人许仙,还在人间,他们俩去重做恩爱夫妻,也是极平常的一件事——而且是一定的事,我们称快也是这样,我们不称快也是这样。

法海底滥用权威,诚然可恶。但是不合理地滥用权威,它底崩坏,是必然的事。当他用权威的砖垒成这魔塔的时候,早经注定有今日了。如果以为快心,这快心的预约券,早经可以买定的。何况,世间这样滥用权威的法海者流,简直多至千千万万。他们都是被人家买定了快心的预约券,而不自知其将倒的，我们实在也快不胜其快，快心的预约券，也买不胜其买呢？而且，我们如果真的给白蛇娘娘抱不平，很应该拿出"路见不平，拔刀相助"的游侠家态度，及早把那用权威的砖垒成的魔塔推倒了。这样趁现成的快心，实在是可羞的事呢。

更不消说，我不是骨董贩卖家，又不是收藏家和考古家。雷峰塔倒了，那些断砖零简，都不曾动我的心，可爱也无从说起。

可惜吗？——是的。我觉得确乎有些可惜。但是我却并不像那些十景保存家，以为雷峰塔一倒，把十全齐美的西湖十景给弄残缺了，觉得十分地可惜。我底可惜，正是惜我所惜，非彼所谓惜也呢。

二

雷峰夕照，我也曾赏玩过好多回，而且其中有一回是一个特殊的奇景。

二十年前的涌金门外，不是现在那么荒凉似的。那时候靠着西湖边上，有三家卖茶的茶居。其中顶有名的，自然要推藕香居了。它底开张期，大约总在二百年前。因为当清代乾隆年间，已经有人给它集苏东坡底：

> 欲把西湖比西子，
> 从来佳茗似佳人。

的诗句，作成赞美它的联语了。它底门前和右方，都对着西湖，左边和后方都是藕花荡。当六七月间，红藕花盛开，喝茶的游客，一面呼吸湖光，一面赏玩藕花，绿茶红藕，色彩上固然相映成趣；而扑鼻的茶香里面，时时夹着些藕花香味，更觉得雅韵欲流。所以它不但是牌子最老，而且地位适宜，风景绝佳，是一片名符其实而值得流连的胜地。不知何时，左边开张了一家三雅园；又不知何时，右边开张了一家仙乐园。这么一来，左边的藕花荡，右边的湖面，都被那两家共有的共有，占去的占去了，于是藕香居便觉得减色了。

　　三雅园前临藕花荡，虽然可以登楼望湖，但是总嫌它离湖面略远一点。仙乐园虽然没有藕花荡底点缀，可是它却是前方右方，都靠着湖面的。最胜的一片土，尤其是它那右方屋外唇形的一角。这一角土唇，下面砌着几块乱石，上面盖着一个芦棚，恰好摆得下一张茶桌。游客们如果光顾仙乐园，而且有幸占得这一席地的时候，可以把全湖景物，都收在眼底。这时候，晴也好，雨也好，潋滟的水光，空蒙的山色，都扑到茶桌上，仿佛茶客和茶具都浸在湖影里了；不知道喝的是茶呢？还是水光山色？

　　在这一角胜地上，当然可以看到雷峰夕照，而二十年前的我，就是常常从这里看那雷峰夕照的。然而看雷峰塔，正不必一定在有夕照的时候。我们在这儿喝着跟水光山色融合着的茶，一面纵览全湖景物，如果把眼光向两旁一闪，一定会注意到一肥一瘦的两座高塔。左瞻保俶，仿佛是一个瘦削的美人；右仰雷峰，仿佛是一个肥健的壮士。我常常这样想，它俩这样相对立着，不要是夫妻俩吧。即使不是夫妻俩，似乎也难免是似曾相识，未免有情的一对恋人。然而它俩永远这样隔着一个湖面而对立着，相思相望，路远如何，不是一件无可奈何的事吗？哦！不错！傍晚时候，射在雷峰塔上的夕照，就是侵晨时候，映在保俶塔上的朝暾呵。它俩也许借着朝暾夕照底东西映射，而互通缠绵的情愫了，它俩也许竟借着朝暾夕照底东西映射，而当作甜蜜的接吻和拥抱了。雷峰塔身上的磊砢不平，似乎把它胸中满贮着的垒块，都给表现出来。它至少是一个身经百战、遍体疮痍，而今日投闲置散、已无用武之地的英雄。这样的英雄，苍茫地独立着，没有一个慰藉它的伴侣，不也太寂寞无聊了吗？幸而，有倩影亭亭的保俶塔，隔着湖面，跟它相对立着，借着朝暾夕照底东西映射，和它互通缠绵的情愫，互作甜蜜的接吻和拥抱；英雄侠骨，得了儿女柔情底调和，磊砢不平的雷峰塔，也不算不幸了呵！而我们看这雷峰夕照，就仿佛是看它俩互通缠绵的情愫，互作甜蜜的接吻和拥抱，又是多么有幸而可羡呵！

然而这样地看那雷峰夕照，也还是平常的事。看了十几回，也就看腻了，有一次，我却看了它俩特别的抱吻。

这是十多年前的事吧。有一天，我独自一个去逛灵隐。出去的时候，是一个夏初晴天的上午。逛了一回，在灵隐寺山门外吃了中饭。饭后，天忽然下起大雨来了。在饭铺中闷坐着，好容易雨点稀疏，密云里漏出些日光来了，却已经是下午的四时光景了。下得山来，到了岳坟，叫了一只划子，荡过对湖来。这时候淅淅沥沥的雨梢，还断断续续地下着；然而北高峰和杭州城两面，都早现出青天来了。只有宝石山和南屏间，还仿佛驾着一道云桥。这一道云桥，奇特得很，竟好像从保俶塔上，伸过一条玉臂来，隔着湖面，把雷峰塔给抱住了。它围住了雷峰塔底腰，把雷峰塔底塔顶露出在云臂底上面，映着那从湖西云隙里射出的一道夕照。那云臂是灰白色的，而夕照却是玫瑰色的；因为有灰白的云臂衬着，那夕照越显得红艳艳地可爱了。这时候，我底划子，正对着雷峰塔荡着；我看看雷峰塔，又回头看看保俶塔，这一下子，几乎把我看呆了。呵！这是它俩最甜蜜的抱吻呵！这个深刻的印象，虽然隔了十多年，我现在觉得还是如在目前呢。

不幸呵！现在雷峰塔倒了！这位磊砢不平的英雄，也许是看饱了世间的不平，被它胸中满贮着的垒块，给轰炸而崩坏了。然而英雄长逝了，撇下了它的恋人，将怎样呢？它底恋人保俶塔，从此失却了英雄夫婿，不能再借着朝暾夕照底东西映射，互通缠绵的情愫，互作甜蜜的接吻和拥抱了。咳！从此保俶塔便成了个宛颈悲鸣的寡鹄了吧！

> 憔悴一身在，
> 孀雌忆故雄；
> 双飞难再得，
> 伤我寸心中。①

鸟犹如此，塔何以堪呢？看惯了雷峰夕照的我们，当然也不能不深深地惋惜呵！

三

然而我觉得还有更可惜的。

> 联绵委宛的山，
> 妥贴温存的水；
> 人说"怪不得西湖女儿颜色美"，
> 我说"怪不得西湖男儿骨也媚"。②

---

① 唐李白《双燕离》。
② 《旧梦》294。

这一首西湖的山水，是一九二一年八月间所写的。读者别以为这是作者菲薄西湖山水，而且讽刺那住在西湖边上的杭州人的话。其实作者也曾在杭州住过几年，现在虽然离开了，但是对于西湖底山水，还是恋恋不忘、时萦魂梦的。至于对于一般的杭州人，也觉得颇有使我表示相当的敬意的地方。所以菲薄和讽刺，在作者底脑中，是没有这么一回事的。不过地理和人生，有很密切的关系，是一件不可否认的事。西湖的山，是那么联绵委宛；西湖的水，是那么妥贴温存，在这种柔山软水之间，自然产不出怎样的英雄来。别说那本来生长在西湖边上的了，就是到西湖边上来作寓公的，只消住得久了，也往往会受了西湖山水底感染和陶融而化百炼钢为绕指柔的。所以在杭州底历史上，竟是很不容易找出几位烈烈轰轰的革命英雄来。虽然一方面也有那武士底暴怒也似的钱塘底狂潮，于一日十二时中，两度奔腾澎湃地把壮阔底波澜，作那热血潰涌也似的怒吼，但是总敌不过美人底微笑也似的西湖底微波，朝朝暮暮地向人们招邀着、引逗着。八月十八的看潮，是一年一度的事；不比淡妆浓抹的湖山，能使杭州人终日如在温柔乡中的。所以这并非杭州人不愿干那些英雄事业，实在是地理底关系使然。西湖男儿底骨干，跟西湖女儿底好颜色一样，都是联绵委宛的山和妥贴温存的水所作成的，这其间并没有什么好歹的问题。即使我们要归咎于山水，然而山灵水仙，则固不任咎也。无已，归之于大化。

大化本来是超善恶的，它底创造，本来无所谓功咎的呵。

然而在这联绵委宛、妥贴温存的柔山软水之间，却有一个可以看作英雄底象征的雷峰塔，被一千年前的人们无意识地创造而存在着，这实在能给与西子也似的西湖以不少的生气。它底通体，只是一个磊砢不平，不带着一丝一毫的媚意。把它安顿在这轻颦浅笑的环境当中，本来是绝不调和的。然而正惟不调和，所以能显出一种有对比作用的美来。在我看来，它的功用，正不但在乎显出对比的不调和的美。它那兀傲欹奇的暗示，总多少能在几个特殊的西湖男儿底骨干上，得到一些感应。

    朝从屠沽游，
    夕拉驵卒饮；
    此意不可道，
    有若茹大绠。
    传闻智勇人，
    伤心自鞭影；
    蹉跎复蹉跎，
    黄金满虚牝。
    匣中龙光剑，
    一鸣四壁静；
    夜夜辄一鸣，

> 负汝汝难忍。
> 出门何茫茫,
> 天心牖其逞;
> 既窥豫让桥,
> 复瞰轵深井;
> 长跪奠一卮,
> 风云扑人冷。①

似乎西湖男儿中,还有那以正大光明殿为"长林丰草,禽兽所居",和以半伦自号而给威妥玛建策烧圆明园的龚自珍、龚橙父子们,未始不是那雷峰有灵呵!

不幸呵!现在雷峰塔倒了!此后的西湖边上也许只会有"珠明玉暖春朦胧"②的女儿好颜色,不会再有"英文巨武郁浩荡"③的男儿奇骨干了。这不是更可以深深地寄与以惋惜的一件事吗?

> 九州生气恃风雷,
> 万马齐喑究可哀。
> 我愿天公重抖擞,

---

① 清龚自珍《杂书十五首》之一。
② 清龚自珍《能令公少年行》。
③ 清龚自珍《哭程同文》。

不拘一格降人材！①

       一九二五年四月二十六日，在江湾。

---

① 清龚自珍《己亥杂诗三百十五首》之一。